Kilmeny do Pomar

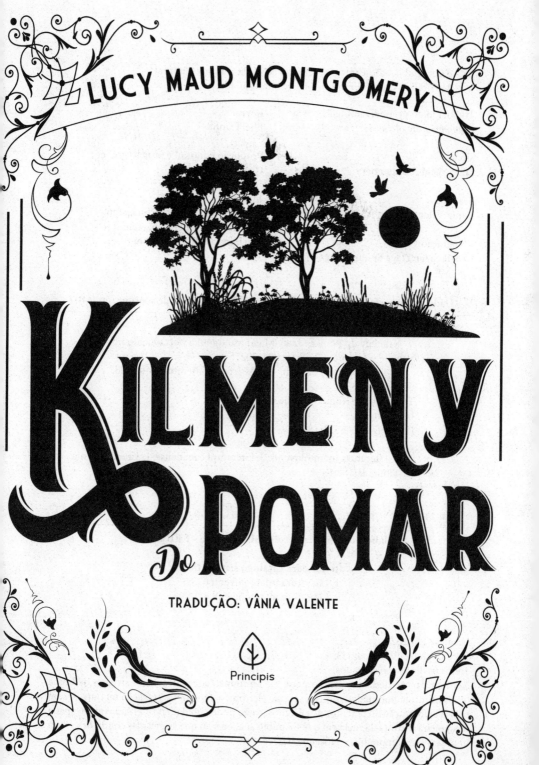

Esta é uma publicação Principis, selo exclusivo da Ciranda Cultural
© 2021 Ciranda Cultural Editora e Distribuidora Ltda.

Traduzido do original em inglês
Kilmeny of the orchard

Texto
Lucy Maud Montgomery

Tradução
Vânia Valente

Preparação
Cristiana Gonzaga Souto Corrêa

Revisão
Eliel Cunha

Produção editorial e projeto gráfico
Ciranda Cultural

Imagens
robertocastillo/Suttherstock.com;
ParrotIvan/Shutterstock.com;
MarBom/Shutterstock.com

Dados Internacionais de Catalogação na Publicação (CIP) de acordo com ISBD

M787k   Montgomery, Lucy Maud
       Kilmeny do Pomar / Lucy Maud Montgomery ; traduzido por Vânia
Valente. - Jandira, SP : Principis, 2021.
       144 p. ; 15,5cm x 22,6cm. - (Clássicos da Literatura Mundial)

       Tradução de: Kilmeny of the orchard
       Inclui índice.
       ISBN: 978-65-5552-180-1

       1. Literatura infantojuvenil. 2. Literatura canadense. I. Valente, Vânia.
II. Título. III. Série.

CDD 028.5
CDU 82-93

2020-2473

Elaborado por Vagner Rodolfo da Silva - CRB-8/9410

Índice para catálogo sistemático:
1. Literatura infantojuvenil 028.5
2. Literatura infantojuvenil 82-93

1ª edição em 2021
www.cirandacultural.com.br
Todos os direitos reservados.
Nenhuma parte desta publicação pode ser reproduzida, arquivada em sistema de busca
ou transmitida por qualquer meio, seja ele eletrônico, fotocópia, gravação ou outros, sem
prévia autorização do detentor dos direitos, e não pode circular encadernada ou encapada
de maneira distinta daquela em que foi publicada, ou sem que as mesmas condições sejam
impostas aos compradores subsequentes.

SUMÁRIO

Os pensamentos da juventude 9

Uma carta do destino 18

O mestre da escola de Lindsay 25

Uma conversa na mesa de chá 31

Uma aparição encantadora 37

A história de Kilmeny 47

Uma rosa de feminilidade 56

No portão do éden 65

A simplicidade direta de Eva 70

Uma perturbação das águas.. 78

Um apaixonado e sua namorada 85

Um prisioneiro do amor 90

Uma mulher doce que nunca respirou 101

No temperamento altruísta dela 111

Algo velho, infeliz e distante 114

A opinião de David Baker 122

Um grilhão quebrado... 131

Neil Gordon resolve seu problema 136

Vencedor de questões perdidas 141

À MINHA PRIMA
Beatrice A. McIntyre
Este livro é dedicado carinhosamente

"Kilmeny olhou para cima com uma graça encantadora,
Mas nenhum sorriso foi visto no rosto de Kilmeny;
Tão imóvel estava seu olhar, e tão imóvel estavam seus olhos,
Como a quietude que jaz na pradaria esmeralda,
Ou a névoa que dorme em um mar sem ondas.

Tal beleza o poeta nunca poderá declarar,
Pois não havia orgulho nem paixão ali;

Seu semblante era a flor do lírio,
E sua bochecha a flor onze-horas[1] na enxurrada;
E sua voz como a distante melodia
Que flutua ao longo do mar crepuscular."
O DESPERTAR DA RAINHA
James Hogg

---

1 No original, *moss rose*, nome científico *Portulaca grandiflora*. (N.T.)

OS PENSAMENTOS
DA JUVENTUDE

A luz do sol de um dia no início da primavera, pálido e doce, banhava os prédios de tijolos vermelhos do Queenslea College e o chão ao redor deles, atravessando os bordos e os olmos despidos e incipientes em imagens delicadas e evasivas de dourado e marrom pelos caminhos e persuadindo à vida os narcisos que espreitavam verdejantes e alegremente sob as janelas do vestiário dos estudantes.

Um vento de abril, tão fresco e doce como se estivesse soprando sobre os campos da memória em vez de atravessar ruas sombrias, sibilava nas copas das árvores e açoitava as gavinhas soltas da rede de hera que cobria a frente do prédio principal. Era um vento que cantava muitas coisas, mas o que cantava para cada ouvinte era apenas o que estava no coração de cada um. Para os estudantes universitários que haviam acabado de ser coroados e diplomados pelo "Velho Charlie", o sério presidente do Queenslea, na presença de uma multidão admiradora de pais e irmãs, namorados e amigos, ele cantou, por acaso, uma alegre esperança de um sucesso brilhante e elevada realização. Cantou os sonhos da juventude que talvez nunca se realizassem, mas pelos quais vale a pena sonhar. Deus ajude o homem que nunca conheceu esses sonhos, que, ao deixar sua alma *mater*, ainda não é rico em castelos aéreos nem dono de muitas propriedades espaçosas na Espanha. Faltou-lhe o seu direito de nascimento.

A multidão saiu do saguão de entrada e se espalhou pelo campus, desfilando pelas muitas ruas além. Eric Marshall e David Baker foram embora juntos. O primeiro havia se formado em Artes naquele dia, à frente de sua turma; o último tinha ido para ver a formatura, quase explodindo de orgulho pelo sucesso de Eric.

Entre esses dois havia uma amizade antiga, provada e duradoura, embora David fosse dez anos mais velho que Eric, como afirma a mera contagem de anos, e cem anos mais velho em conhecimento das lutas e dificuldades da vida, que envelhecem um homem muito mais rápida e efetivamente do que a passagem do tempo.

Fisicamente, os dois homens não apresentavam semelhança um com o outro, embora fossem primos em segundo grau. Eric Marshall, alto, de ombros largos, musculoso, que caminhava a passo leve e fácil, que de alguma forma sugeria força e poder de reserva, era um daqueles homens em relação aos quais os mortais menos favorecidos são tentados seriamente a se perguntar por que todos os direitos da fortuna devem ser dados em abundância a um único indivíduo. Ele não era apenas inteligente e de boa aparência, mas possuía aquele charme indefinível de personalidade que é bastante independente da beleza física ou da capacidade mental. Tinha olhos firmes, azul-acinzentados, cabelos castanho-escuros com um brilho dourado nas ondas quando a luz do sol os atingia e um queixo que dava ao mundo a garantia de um queixo. Era filho de um homem rico, com uma nítida juventude atrás de si e perspectivas esplêndidas adiante. Era considerado um tipo

KILMENY DO POMAR

prático de sujeito, totalmente inocente de sonhos românticos e visões de qualquer tipo.

– Receio que Eric Marshall nunca faça uma coisa quixotesca – disse um professor do Queenslea, que costumava proferir epigramas bastante misteriosos –, mas se o fizer, vai reforçar a única coisa que falta nele.

David Baker era um sujeito baixo, atarracado, com um rosto feio, irregular e encantador; seus olhos eram castanhos, afiados e reservados; sua boca tinha uma curva cômica que se tornava sarcástica, provocadora ou vitoriosa, conforme ele desejasse. Sua voz era geralmente tão suave e musical quanto a de uma mulher; mas alguns poucos que viram David Baker justificadamente zangado e ouviram então os tons emitidos de seus lábios não tinham pressa de repetir a experiência.

Era médico, especialista em problemas de garganta e voz, e estava começando a ter reputação nacional. Fazia parte da equipe do Queenslea Medical College e dizia-se que em pouco tempo ele seria chamado para preencher uma importante vaga na McGill.

Conquistara o caminho do sucesso por meio de dificuldades e inconvenientes que teriam intimidado a maioria dos homens. No ano em que Eric nasceu, David Baker era mensageiro na grande loja de departamentos da Marshall & Company. Treze anos depois, ele se formou com altas honras no Queenslea Medical College. O senhor Marshall lhe havia dado toda a ajuda que o forte orgulho de David podia ser induzido a aceitar, e agora ele insistia em enviar o jovem ao exterior para um curso de pós-graduação em Londres e na Alemanha. David Baker finalmente pagou de volta cada centavo que o senhor Marshall gastara com ele, mas nunca deixou de nutrir uma gratidão entusiasmada pelo homem gentil e generoso, e amava o filho daquele homem com um amor superior ao de irmãos.

Ele acompanhou o curso da faculdade de Eric com um interesse aguçado e atento. Seu desejo era que Eric iniciasse os estudos de Direito ou

Medicina agora que ele acabara Artes, e ficou muito desapontado por Eric finalmente ter decidido entrar no negócio do pai.

– É um nítido desperdício de seus talentos – ele resmungou, enquanto voltavam para casa da faculdade. – Você ganharia fama e distinção em Direito. Essa sua linguagem labiosa foi feita para um advogado, e é opor-se completamente à Providência dedicá-la a usos comerciais, uma intervenção totalmente arruinadora nos propósitos do destino. Onde está sua ambição, homem?

– No lugar certo – respondeu Eric, com sua risada pronta. – Não é de sua natureza, talvez, mas há espaço e necessidade para todos os tipos neste nosso país jovem e vigoroso. Sim, estou entrando no negócio. Em primeiro lugar, este tem sido o desejo de meu pai desde que nasci, e o machucaria muito se eu recuasse agora. Ele quis que eu fizesse um curso de Artes porque acredita que todo homem deve ter uma educação tão liberal quanto possa, mas agora que eu tive, ele me quer na empresa.

– Ele não se oporia, se achasse que você realmente queria entrar em outra coisa.

– Ele não. Mas eu realmente não quero, este é o ponto, David. Você odeia tanto uma vida de negócios que não consegue colocar em sua abençoada cabeça que outro homem possa gostar dela. Existem muitos advogados no mundo, talvez demais, mas não há muitos bons homens de negócios honestos, prontos para fazer grandes coisas justas para benefício da humanidade e a edificação de seu país, para planejar grandes empreendimentos e levá-los adiante com inteligência e coragem, para gerenciar e controlar, mirar alto e atingir o objetivo. Estou ficando eloquente, então é melhor parar. Mas ambição, homem! Ora, estou cheio disso, está borbulhando em todos os meus poros. Quero tornar a loja de departamentos Marshall & Company famosa de um oceano a outro. Papai começou na vida como um garoto pobre de uma fazenda da Nova Escócia. Ele construiu um negócio que tem uma reputação provincial. Eu pretendo continuá-lo. Em cinco anos, terá reputação marítima; em

KILMENY DO POMAR

dez, canadense. Quero fazer com que a Marshall & Company represente algo grande nos interesses comerciais do Canadá. Não é uma ambição tão honrosa como tentar fazer o preto parecer branco em um tribunal, ou descobrir alguma nova doença com um nome perturbador para atormentar pobres criaturas que, de outra forma, poderiam morrer pacificamente na bendita ignorância do que as afligia?

– Quando você começa a fazer piadas ruins, é hora de parar de discutir com você – disse David, encolhendo os ombros gordos. – Faça da sua própria maneira e suporte seu próprio destino. Eu preferiria esperar sucesso tentando invadir a cidadela sozinho, tentando desviá-lo de qualquer curso sobre o qual você já houvesse se decidido. Ufa, esta rua mata um sujeito! O que poderiam ter pensado nossos ancestrais para construir uma cidade na encosta de uma colina? Não sou tão esbelto e ativo quanto era no dia da *minha* graduação, dez anos atrás. A propósito, quantas colegas estavam na sua turma? Vinte, se contei direito. Quando me formei, havia apenas duas damas em nossa classe e elas foram as pioneiras do sexo feminino no Queenslea. Elas já haviam passado da primeira juventude, muito carrancudas, rígidas e sérias; não eram amigáveis nem em seus melhores dias. Mas, veja, elas eram mulheres excelentes, oh, muito excelentes. Os tempos mudaram com uma vingança, a julgar pela formação dos estudantes de hoje. Havia uma garota que não devia ter mais de dezoito anos, e ela parecia ser feita de ouro, de pétalas de rosa e gotas de orvalho.

– O oráculo fala em poesia – riu Eric. – Essa era Florence Percival, que liderou a aula de Matemática, já que sou um *gentleman*. Para muitos, ela é considerada a beleza de sua classe. Não posso dizer que essa seja minha opinião. Não me importo muito com esse estilo loiro e infantil de beleza, prefiro Agnes Campion. Você a notou, a garota alta e morena, com laços nos cabelos e uma espécie de vigor carmesim aveludado no rosto, que se destacou em Filosofia?

– Eu a notei – disse David enfaticamente, lançando um olhar aguçado para o amigo. – Notei-a mais particular e criticamente porque alguém sussurrou o nome dela atrás de mim e o juntou à informação extremamente interessante de que a senhorita Campion deveria ser a futura senhora Eric Marshall. Então eu olhei fixamente para ela com toda a minha atenção.

– Não há verdade nesse relato – disse Eric em tom de aborrecimento. – Agnes e eu somos melhores amigos e nada mais. Gosto dela e a admiro mais que qualquer mulher que conheço; mas se a futura senhora Eric Marshall existe em carne, ainda não a conheci. Eu nem sequer comecei a procurá-la, e não pretendo nos próximos anos. Tenho mais coisas em que pensar – concluiu ele, em um tom de desdém, pelo qual alguém poderia saber que seria punido em algum momento se o Cupido não fosse surdo e cego.

– Você conhecerá a dama do futuro algum dia – disse David secamente. – E apesar do seu desprezo, arrisco-me a prever que, se o destino não a trouxer em breve, você logo começará a procurá-la. Um conselho, oh, filho de sua mãe. Quando for cortejar, leve seu bom senso consigo.

– Você acha provável que eu deixe isso para trás? – perguntou Eric, divertidamente.

– Bem, desconfio de você – disse David, sacudindo a cabeça de maneira sagaz. – A sua parte das Terras Baixas da Escócia é boa, mas há um traço celta em você, daquela sua avó das Terras Altas, e quando um homem tem isso, nunca se sabe onde vai irromper, ou que dança o conduzirá, especialmente quando se trata desse negócio de namoro. Você tem a mesma probabilidade de não perder a cabeça com alguma pequena idiota ou megera por causa de sua gentileza exterior e de se fazer infeliz por toda a vida. Quando você escolher uma esposa, por favor, lembre-se de que me reservarei o direito de emitir uma opinião sincera sobre ela.

Kilmeny do pomar

– Dê todas as opiniões que você quiser, mas é a *minha* opinião, e somente a minha, que será importante a longo prazo – replicou Eric.

– Caramba, sim, seu ramo teimoso de uma raça teimosa – rosnou David, olhando-o carinhosamente. – Eu sei disso, e é por isso que nunca me sentirei tranquilo com relação a você até vê-lo casado com o tipo certo de garota. Ela não é difícil de encontrar. Nove em cada dez meninas deste país são próprias para os palácios dos reis. Mas a décima sempre deve ser considerada.

– Você é tão ruim quanto a "Alice inteligente", do conto de fadas, que se preocupou com o futuro de seus filhos ainda não nascidos – protestou Eric.

– A "Alice inteligente" foi ridicularizada com muita injustiça – disse David gravemente. – Nós, médicos, sabemos disso. Talvez ela tenha exagerado um pouco nos assuntos preocupantes, mas ela estava perfeitamente certa em princípio. Se as pessoas se preocupassem um pouco mais com seus filhos ainda não nascidos, pelo menos até o ponto de oferecer uma herança adequada, física, mental e moralmente para eles, e parassem de se preocupar com eles depois de nascerem, esse mundo seria um lugar muito mais agradável para se viver, e a raça humana faria mais progresso em uma geração do que em toda a história.

– Oh, se você vai citar o seu querido hobby de hereditariedade, não vou discutir com você, David. Mas quanto à questão de me incitar a me apressar e me casar com uma esposa, por que você não... – Estava nos lábios de Eric dizer: "Por que você não se casa com uma garota do tipo certo e dá um bom exemplo?". Mas ele se controlou. Ele sabia que havia uma velha tristeza na vida de David Baker que não deveria ser excessivamente abalada por gracejos, nem mesmo de uma amizade privilegiada. Ele mudou sua pergunta para: – Por que você não deixa isso para os deuses, a quem apropriadamente o destino pertence? Pensei que você fosse um partidário perseverante da predestinação, David.

– Bem, eu sou, até certo ponto – disse David cautelosamente. – Creio, como costumava dizer uma excelente tia idosa minha, que o que deve ser será, e o que não deve ser às vezes acontece. E são precisamente tais acontecimentos infelizes que fazem o esquema das coisas dar errado. Atrevo-me a dizer que você me acha um velho antiquado, Eric; mas conheço algo mais do mundo do que você e acredito que, como em "Arthur", de Tennyson[2], "não há nada mais sutil sob o céu do que a paixão de uma dama por seu servo". Quero vê-lo ancorado em segurança ao amor de uma boa mulher o mais rápido possível, só isso. Sinto muito que a senhorita Campion não é sua dama do futuro. Gostei da aparência dela, gostei. Ela é boa, forte e verdadeira, e tem os olhos de uma mulher que poderia amar de uma maneira que valeria a pena. Além disso, ela é bem-nascida, bem-criada e bem-educada, três coisas muito indispensáveis quando se trata de escolher uma mulher para ocupar o lugar de sua mãe, amiga minha!

– Eu concordo com você – disse Eric despreocupadamente. – Eu não poderia me casar com nenhuma mulher que não preenchesse essas condições. Mas, como já disse, não estou apaixonado por Agnes Campion, e de nada adiantaria se eu estivesse. Ela é tão boa quanto é noiva de Larry West. Você se lembra de West?

– Aquele sujeito magro e pernudo de quem você era amigo bem próximo nos dois primeiros anos no Queenslea? Sim, o que aconteceu com ele?

– Ele teve que desistir após o segundo ano por razões financeiras. Está trabalhando o próprio caminho para a faculdade, você entende. Nos últimos dois anos, ele tem lecionado em uma escola em algum lugar afastado da Ilha do Príncipe Edward. Ele não está muito bem,

---

2   Trecho de "The Farewell of King Arthur to Queen Guinevere", que faz parte de *Idylls of the King*, conjunto de doze poemas narrativos publicados entre 1859 e 1885 pelo poeta inglês Alfred Tennyson (1809-1892), que relatam a lenda do rei Arthur. Este trecho refere-se à paixão de Guinevere por Lancelot. (N.T.)

coitado, nunca foi muito forte e tem estudado impiedosamente. Não tenho notícias dele desde fevereiro. Ele disse que estava com medo de não ser capaz de aguentar até o fim do ano letivo. Espero que Larry não fracasse. Ele é um bom sujeito e digno até mesmo de Agnes Campion. Bem, chegamos. Quer entrar, David?

– Não esta tarde, não tenho tempo. Preciso me apressar até North End para ver um homem que tem uma garganta adorável. Ninguém consegue descobrir qual é o problema. Ele tem intrigado todos os médicos e me intrigou também, mas vou descobrir o que há de errado se ele viver apenas o suficiente.

UMA CARTA DO DESTINO

Eric, ao descobrir que seu pai ainda não havia retornado da faculdade, entrou na biblioteca e sentou-se para ler uma carta que pegara da mesa do corredor. Era de Larry West, e, depois de ler as primeiras linhas, o rosto de Eric perdeu a aparência ausente que costumava ter e assumiu uma expressão de interesse.

"Estou escrevendo para lhe pedir um favor, Marshall" – escreveu West. – "O fato é que caí nas mãos dos filisteus, ou seja, dos médicos. Não tenho me sentido muito em forma durante todo o inverno, mas aguentei, esperando terminar o ano.

"Na semana passada, minha senhoria, que é uma santa em óculos e chita, olhou para mim uma manhã à mesa do café e disse, *muito* gentilmente: 'Você deve ir à cidade amanhã, mestre, e consultar um médico'.

"Eu fui e não hesitei sobre a ordem de minha ida. A senhora Williamson é daquelas 'Que Deve Ser Obedecida'. Ela tem o hábito inconveniente de fazer você perceber que ela está exatamente certa e que

KILMENY DO POMAR

você seria todos os tipos de tolo se não seguisse o conselho dela. Você sente que o que ela pensa hoje você vai pensar amanhã.

"Em Charlottetown, consultei um médico. Ele me perfurou e auscultou, cutucou coisas em mim e ouviu pela outra extremidade delas; e finalmente ele disse que eu deveria parar de trabalhar 'imediatamente' e ir o mais rápido possível para um clima não afetado pelos ventos do nordeste da Ilha do Príncipe Edward na primavera. Não estou autorizado a trabalhar até o outono. Essa foi a recomendação dele, e a senhora Williamson me faz cumpri-la.

"Devo lecionar esta semana e depois as férias de primavera de três semanas começam. Quero que você venha e me substitua como pedagogo na escola de Lindsay na última semana de maio e no mês de junho. O ano letivo termina e haverá muitos professores procurando o local, mas exatamente agora não consigo encontrar um substituto adequado. Eu tenho alguns alunos que estão se preparando para fazer os exames de admissão da Queen's Academy e não gosto de deixá-los em apuros ou de entregá-los à mercê de um professor de terceira classe, que sabe pouco latim e menos ainda grego. Venha e assuma a escola até o fim do semestre, seu petulante filho de luxo. Você terá um mundo de alegria ao aprender quão rico um homem se sente quando ganha vinte e cinco dólares por mês por seus próprios esforços!

"Sério, Marshall, espero que você possa vir, pois não conheço nenhum outro camarada a quem eu possa pedir. O trabalho não é difícil, embora você provavelmente o achará monótono. Claro, este pequeno povoado agrícola na Costa Norte não é um lugar muito animado. O nascer e o pôr do sol são os eventos mais emocionantes do dia normal. Mas o povo é muito gentil e hospitaleiro; e a Ilha do Príncipe Edward, no mês de junho, é algo que você não vê com frequência, exceto em sonhos felizes. Há algumas trutas na lagoa, e você sempre encontrará um velho marinheiro no porto pronto e disposto a levá-lo à pesca de bacalhau ou lagosta.

"Vou legar a você minha pensão. Você a achará confortável e não mais distante da escola do que uma boa caminhada pela saúde. A senhora Williamson é a alma viva mais querida do mundo; e ela é uma daquelas cozinheiras antiquadas que o alimenta de banquetes de coisas gordurosas e cujo preço está acima dos rubis.

"O marido dela, Robert, ou Bob, como é comumente chamado, apesar dos sessenta anos, é um indivíduo bastante interessante. É um velho divertido e fofoqueiro, com uma tendência a comentários picantes e um dedo na vida de todo mundo. Ele sabe tudo sobre todo mundo em Lindsay há três gerações.

"Eles não têm filhos vivos, mas o velho Bob tem um gato preto, que é seu orgulho especial e seu favorito. O nome desse animal é Timothy, e assim ele deve sempre ser chamado e referido. Nunca, se você valoriza a boa opinião de Robert, deixe-o ouvi-lo falando de seu animal de estimação como 'o gato' ou mesmo como 'Tim'. Você nunca será perdoado e ele não o considerará uma pessoa adequada para se encarregar da escola.

"Você terá meu quarto, um pequeno lugar sobre a cozinha, com um teto que segue a inclinação do telhado de um lado, contra o qual você baterá a cabeça inúmeras vezes até aprender a se lembrar de que ele está ali, e um espelho que tornará um de seus olhos tão pequeno quanto uma ervilha e o outro tão grande quanto uma laranja.

"Mas, para compensar essas desvantagens, o fornecimento de toalhas é generoso e irrepreensível; e há uma janela na qual você diariamente vai contemplar uma vista ocidental do porto de Lindsay e do golfo, além do qual há um milagre indescritível de beleza. O sol está se pondo sobre ele enquanto escrevo e vejo um mar de vidro misturado com fogo, como poderia ter figurado nas visões do vidente patmiano. Um navio está navegando para o dourado, carmesim e pérola do horizonte; a grande luz giratória na ponta do promontório além do porto acaba de ser acesa e está piscando e lampejando como um farol,

KILMENY DO POMAR

'*Sobre a espuma*
De mares perigosos em terras de fadas abandonadas'.[3]

"Telegrafe para mim se você puder vir; e, se puder, apresente-se ao serviço no dia 23 de maio."

O senhor Marshall, sênior, entrou no momento em que Eric estava pensativamente dobrando sua carta. O primeiro parecia mais um benevolente velho clérigo ou filantropo do que o homem de negócios aguçado, astuto, um tanto severo, embora justo e honesto, que ele realmente era. Tinha o rosto redondo e rosado, franjado com suíças brancas, a cabeça fina de longos cabelos brancos e a boca enrugada. Somente em seus olhos azuis havia um brilho que faria qualquer homem que tivesse a intenção de tirar vantagem dele em uma barganha pensar duas vezes antes de fazer a tentativa.

Via-se facilmente que Eric devia ter herdado sua beleza pessoal e sua distinção de sua mãe, cuja foto estava pendurada na parede escura entre as janelas. Ela morrera ainda jovem, quando Eric era um garoto de dez anos. Durante a sua vida, ela fora objeto de devoção apaixonada do marido e do filho; e o belo, forte e doce rosto da foto era um testemunho de que ela tinha sido digna do amor e da reverência deles. O mesmo rosto, esculpido em um molde masculino, foi repetido em Eric; os cabelos castanhos cresciam em sua testa da mesma maneira; seus olhos eram como os dela e, no humor sério dele, eles mantinham uma expressão semelhante, meio melancólica, meio terna, em suas profundezas.

O senhor Marshall estava muito orgulhoso do sucesso de seu filho na faculdade, mas não tinha a intenção de deixá-lo perceber isso. Ele amava esse garoto, com os olhos da mãe falecida, mais que qualquer coisa na Terra, e todas as suas esperanças e ambições estavam estreitamente conectadas a ele.

---

3   Trecho de *Ode to a Nightingale* (1819), de autoria do poeta inglês John Keats (1795-1821). (N.T.)

– Bem, esse rebuliço acabou, graças a Deus – disse ele, irritado, quando se afundou em sua cadeira favorita.

– Você não achou o programa interessante? – perguntou Eric, de maneira distante.

– A maior parte foi uma tolice total – disse seu pai. – As únicas coisas de que gostei foram a oração latina de Charlie e aquelas garotinhas bonitas trotando para pegar seus diplomas. O latim é a língua para orar, eu acredito, pelo menos quando um homem tem uma voz como a do Velho Charlie. Houve um rufar tão sonoro nas palavras que o mero som delas me fez sentir como se eu estivesse afundando em minha medula óssea. E então aquelas garotas estavam tão bonitas quanto coradas, não estavam? Agnes era a mais bonita de todas em minha opinião. Espero que seja verdade que você a esteja namorando, Eric.

– Caramba, pai – disse Eric, meio irritado, meio risonho –, você e David Baker entraram em uma conspiração para me levar ao matrimônio, quer eu queira ou não?

– Eu nunca disse uma palavra a David Baker sobre esse assunto – protestou o senhor Marshall.

– Bem, você é tão mau quanto ele. Ele me importunou todo o caminho da faculdade para casa sobre o assunto. Mas por que você está com tanta pressa de me casar, pai?

– Porque eu quero uma dona de casa nesta casa o mais rápido possível. Nunca houve uma desde que sua mãe morreu. Estou cansado de empregadas. E quero ver seus filhos em meu colo antes de eu morrer, Eric, e agora sou um homem velho.

– Bem, seu desejo é natural, pai – disse Eric gentilmente, olhando de relance para a foto de sua mãe. – Mas não posso me apressar e casar com alguém imediatamente, posso? E temo que não se faça exatamente propaganda para uma esposa, mesmo nesses dias de empreendimento comercial.

KILMENY DO POMAR

– Não tem *ninguém* de quem você goste? – perguntou o senhor Marshall, com o ar paciente de um homem que negligencia os gracejos frívolos da juventude.

– Não. Eu ainda não encontrei a mulher que faça meu coração bater mais rápido.

– Não sei do que vocês jovens são feitos hoje em dia – rosnou seu pai.

– Eu me apaixonei meia dúzia de vezes antes de ter a sua idade.

– Você pode ter se "apaixonado". Mas você nunca *amou* nenhuma mulher até conhecer minha mãe. Eu sei disso, pai. E isso não aconteceu até que você estivesse muito bem na vida também.

– Você é muito difícil de agradar. Esse é o problema, esse é o problema!

– Talvez eu seja. Quando um homem teve uma mãe como a minha, seu padrão de doçura feminina é suscetível de ser muito elevado. Vamos abandonar o assunto, pai. Aqui, eu quero que você leia esta carta, é de Larry.

– *Humpf*! – resmungou o senhor Marshall, quando terminou de ler.

– Então, Larry acabou nocauteado, sempre pensei que ele seria, sempre esperei isso. Também lamento muito. Ele era um sujeito decente. Bem, você vai?

– Sim, acho que sim, se você não se opuser.

– Você terá uma temporada bastante monótona, a julgar pelo relato dele sobre Lindsay.

– Provavelmente. Mas não vou para lá à procura de excitação. Vou para fazer um favor a Larry e dar uma olhada na ilha.

– Bem, vale a pena olhar, em algumas épocas do ano – admitiu o senhor Marshall. – Quando estou na Ilha do Príncipe Edward no verão sempre lembro de um velho escocês que conheci certa vez em Winnipeg. Ele estava sempre falando da "ilha". Alguém uma vez perguntou a ele: "Qual ilha você quer dizer?". Ele simplesmente *olhou* para aquele homem ignorante. Então ele disse: "Ora, a Ilha do Príncipe Edward, homem.

Que outra ilha existe?". Vá se você quiser. Você precisa descansar depois do desgaste dos exames e antes de se estabelecer nos negócios. E lembre-se de não se envolver em nenhuma encrenca, jovem senhor.

– Não há muita probabilidade disso em um lugar como Lindsay, eu imagino – riu Eric.

– Provavelmente, o diabo encontra encrenca em mãos ociosas tanto em Lindsay quanto em qualquer outro lugar. A pior tragédia que eu já ouvi aconteceu em uma fazenda em uma área remota, a vinte e quatro quilômetros de uma ferrovia e a oito de uma loja. No entanto, espero que o filho de sua mãe se comporte no temor de Deus e do homem. Com toda a probabilidade, a pior coisa que acontecerá a você será uma mulher equivocada colocá-lo para dormir em uma cama de um quarto de hóspedes. E se isso acontecer, que o Senhor tenha piedade de sua alma!

O MESTRE DA ESCOLA DE LINDSAY

Certa noite, um mês depois, Eric Marshall saiu da velha e caiada escola de Lindsay e trancou a porta, que era gravada com inumeráveis iniciais e edificada com tábuas duplas para resistir a todos os assaltos e agressões às quais poderia estar sujeita.

Os alunos de Eric haviam ido para casa uma hora antes, mas ele tinha ficado para resolver alguns problemas de álgebra e corrigir alguns exercícios de latim para seus alunos avançados.

O sol estava se inclinando em quentes linhas amarelas através do denso bosque de bordos a Oeste do edifício, e a tênue brisa esverdeada embaixo deles explodia em um viço dourado. Algumas ovelhas estavam roendo a grama exuberante em um canto distante do pátio do recreio; um sino de vaca, em algum lugar do bosque de bordo, tilintava indistinta e musicalmente, no ar imóvel de cristal, que, apesar de sua suavidade, ainda mantinha um toque da austeridade e pungência saudáveis de uma fonte canadense. O mundo inteiro parecia ter caído, por enquanto, em um sonho agradável e despreocupado.

A cena era muito pacífica e pastoral, quase demais, pensou o jovem, com um encolher de ombros, enquanto estava parado nos degraus gastos e olhava ao seu redor. Como ele aguentaria um mês inteiro ali? Ele se perguntou, com um pequeno sorriso à própria custa.

"O pai riria se soubesse que eu já estou cansado disto", pensou, enquanto caminhava pelo pátio até a longa estrada vermelha que passava pela escola. "Bem, uma semana acabou, pelo menos. Eu ganhei meu próprio sustento por cinco dias inteiros, e isso é algo que eu nunca poderia dizer antes em todos os meus vinte e quatro anos de existência. É um pensamento empolgante. Mas lecionar na escola distrital de Lindsay *não* é claramente empolgante, pelo menos em uma escola tão bem comportada como esta, em que os alunos são tão dolorosamente bons que nem sequer tenho o tradicional entusiasmo de dar uma sova nos inconvenientes meninos maus. Tudo parece guiar-se pelo relógio na instituição educacional Lindsay. Larry certamente deve possuir um talento marcante para organização e atividade repetitiva. Sinto como se eu fosse apenas uma grande engrenagem em uma máquina ordenada que funciona sozinha. No entanto, entendo que existem alguns alunos que ainda não se revelaram e que, de acordo com todos os relatos, o velho Adam ainda não os treinara totalmente. Eles podem tornar as coisas mais interessantes. E também mais algumas redações, como a de John Reid, forneceriam algum tempero à vida profissional."

O riso de Eric despertou os ecos enquanto ele se movia pela estrada, na longa colina inclinada. Ele havia permitido a seus alunos do quarto ano a própria escolha de temas na aula de redação naquela manhã, e John Reid, um pequeno moleque sério e prático, sem o menor desenvolvimento embrionário de senso de humor, havia, agindo sob a sugestão sussurrada por um malandro colega de mesa, escolhido escrever sobre

Kilmeny do pomar

"Namoro". Seu tema livre fazia o rosto de Eric contrair-se de forma rebelde sempre que ele se lembrava disso durante o dia. "O namoro é uma coisa muito agradável, com a qual muitas pessoas vão longe demais."

As colinas distantes e os montes arborizados estavam trêmulos e arejados em uma delicada névoa primaveril pérola e púrpura. Os jovens bordos de folhas verdes se aglomeravam densamente na beira da estrada de ambos os lados, mas além deles havia campos esmeralda banhando-se à luz do sol, sobre os quais sombras de nuvens se enrolavam, alargavam-se e desvaneciam-se. Muito abaixo dos campos, um oceano calmo dormia azulado e suspirava enquanto dormia, com o murmúrio que soa para sempre no ouvido daqueles cuja boa sorte é ter nascido ao som dele.

Vez ou outra, Eric encontrava algum rapaz adolescente, de camisa xadrez, pernas nuas, a cavalo, ou um fazendeiro de rosto astuto em uma carroça, que o cumprimentava com a cabeça e gritava alegremente: – Como vai, mestre? – Uma jovem garota de rosto rosado e oval, bochechas com covinhas e lindos olhos escuros repletos de um flerte tímido, passou por ele, parecendo que não seria absolutamente avessa a uma melhor familiaridade com o novo professor.

No meio da colina, Eric encontrou um velho cavalo cinza cambaleante puxando uma carroça que já vira dias melhores. O condutor era uma mulher: ela parecia ser uma daquelas pessoas entediadas que nunca sentiram uma emoção em toda a sua vida. Ela parou o cavalo e acenou para Eric com o cabo de um guarda-chuva desbotado e fino.

– Acho que você é o novo mestre, não é? – ela perguntou.

Eric admitiu que sim.

– Bem, fico feliz em vê-lo – disse ela, oferecendo-lhe a mão em uma luva de algodão muito remendada que antes havia sido preta.

– Eu lamentei muito ver o senhor West partir, pois ele era um bom professor e a criatura mais inócua e inofensiva que já existiu. Mas eu sempre lhe dizia, toda vez que eu deitava meus olhos nele, que ele estava se consumindo, se é que alguma vez um homem já o fez. *Você parece realmente saudável, embora também não se possa sempre dizer pela aparência.* Eu tinha um irmão com uma compleição como a sua, mas ele morreu em um acidente ferroviário no Oeste quando era muito jovem.

– Eu tenho um garoto que vou mandar para a escola na semana que vem. Ele deveria ter ido nesta semana, mas eu tive que o manter em casa para me ajudar com as batatas, pois seu pai não vai trabalhar, não trabalha e não foi feito para trabalhar.

– Sandy, seu nome completo é Edward Alexander, em homenagem a ambos os avós; odeia a ideia de ir à escola mais do que tudo, sempre odiou. Mas ele deve ir, pois estou determinada a que ele ainda tenha mais aprendizado martelado em sua cabeça. Acho que você terá problemas com ele, mestre, pois ele é tão estúpido quanto uma coruja e tão teimoso quanto a mula de Salomão. Mas lembre-se disso, mestre, eu o apoiarei. Você apenas dá uma boa surra em Sandy quando ele precisar, e me envia um aviso do castigo, e eu darei outra dose a ele.

– Há pessoas que sempre ficam do lado de seus filhos quando há algum tumulto na escola, mas eu não apoio isso e nunca apoiei. Você pode contar com Rebecca Reid o tempo todo, mestre.

– Obrigado. Tenho certeza de que posso – disse Eric, em seu tom mais adorável.

Ele manteve o rosto sério até que fosse seguro relaxar, e a senhora Reid seguiu seu caminho com um sentimento leve em seu velho coração de couro, que fora tão endurecido pela longa resistência à pobreza e ao trabalho pesado e a um marido que não trabalhava e não fora feito para trabalhar. Seu coração não se sensibilizava mais com pessoas do sexo oposto, estava imune a qualquer sentimento.

A senhora Reid refletiu que aquele jovem tinha um jeito curioso.

Kilmeny do pomar

Eric já conhecia a maioria dos moradores de Lindsay de vista; mas no pé da colina ele encontrou duas pessoas, um homem e um menino, que ele não havia encontrado ainda. Eles estavam sentados em um vagão surrado e antiquado e davam água a seu cavalo no riacho, que gorgolejava cristalino sob a pequena ponte de tábua.

Eric examinou-os com alguma curiosidade. Eles não se pareciam nem um pouco com o comum das pessoas de Lindsay. O garoto, em particular, tinha uma aparência distintamente estrangeira, apesar da camisa de guingão e das calças singelas, que pareciam ser o uniforme de trabalho diário para os rapazes nas fazendas de Lindsay. Ele tinha um corpo ágil e flexível, com ombros inclinados e uma garganta fina morena acetinada acima do colarinho aberto de sua camisa. Sua cabeça estava coberta de cachos densos, sedosos e pretos, e a mão que pendia ao lado da carroça era extraordinariamente longa e esbelta. Seu rosto era generosamente, embora um pouco pesado, da cor da oliva, exceto pelas bochechas, que tinham um viço carmesim escuro. Sua boca era tão vermelha e sedutora quanto a de uma garota, e seus olhos eram grandes, corajosos e pretos. Em suma, ele era um sujeito surpreendentemente bonito; mas a expressão de seu rosto era soturna, e ele de alguma forma deu a Eric a impressão de uma criatura sinuosa e felina, relaxando na graça preguiçosa, mas sempre pronta para um salto inesperado.

O outro ocupante da carroça era um homem entre os sessenta e cinco e os setenta anos, com cabelos grisalhos, barba longa e grisalha, um rosto de aparência severa e olhos castanho-claros profundos sob sobrancelhas espessas e arrepiadas. Era evidentemente alto, com uma aparência despreocupada e desajeitada e ombros curvados. Sua boca implacável estava com os lábios cerrados e parecia nunca ter sorrido. De fato, a ideia de sorrir não podia ser conectada com aquele homem, era totalmente incongruente. No entanto, não havia nada repulsivo em seu rosto; e havia algo nele que atraía a atenção de Eric.

Ele se orgulhava de ser um estudante de fisionomia e tinha certeza de que o homem não era um agricultor comum de Lindsay, do tipo genial e tagarela com o qual ele estava familiarizado.

Muito tempo depois que a velha carroça, com seu par estranhamente sortido, moveu-se pesadamente colina acima, Eric se pegou pensando no homem severo e de sobrancelhas grossas e no garoto de olhos pretos e lábios vermelhos.

UMA CONVERSA NA MESA DE CHÁ

A casa de Williamson, onde Eric se hospedara, ficava no topo da colina seguinte. Ele gostava dela tanto quanto Larry West havia profetizado que ele gostaria. Os Williamson, assim como o resto do povo de Lindsay, deram como certo que ele era um pobre estudante universitário trabalhando, como Larry West havia feito. Eric não perturbou essa crença, embora não tenha dito nada para contribuir.

Os Williamson estavam tomando chá na cozinha quando Eric entrou. A senhora Williamson era a "santa de óculos e chita", como Larry West a havia denominado. Eric gostava muito dela. Era uma mulher esbelta, de cabelos grisalhos, com um rosto magro, doce e nobre, profundamente enrugada com os registros de dor eterna. Ela falava pouco como regra; mas, no modo de dizer do campo, nunca falava, e sim dizia algo. A única coisa que constantemente intrigava Eric era como uma mulher assim se casara com Robert Williamson.

Ela sorriu de maneira maternal para Eric quando ele pendurou seu chapéu na parede caiada e ocupou seu lugar à mesa. Do lado de fora da janela, atrás dele, havia um bosque de bétulas que, ao sol ocidental, era um esplendor trêmulo, com um mar de vegetação em um redemoinho de ondas douradas a cada vento que passava.

O velho Robert Williamson estava sentado em frente a ele, em um banco. Era um homem pequeno e magro, meio perdido em roupas folgadas que pareciam largas demais para ele. Quando falava, sua voz era tão fina e estridente quanto ele mesmo parecia ser.

A outra extremidade do banco foi ocupada por Timothy, lustroso e complacente, com um peito branco como a neve e patas brancas. Depois que o velho Robert tomou um bocado de qualquer coisa, ele deu um pedaço a Timothy, que comeu elegantemente e ronronou em ressonante gratidão.

– Você vê que estamos esperando por você, mestre – disse o velho Robert. – Você está atrasado esta noite. Reteve algum dos jovens? Essa é uma maneira tola de puni-los, tanto para você quanto para eles. Um professor que tivemos quatro anos atrás costumava trancá-los e ir para casa. Então ele voltava em uma hora e os deixava sair, se eles estivessem lá. Eles nem sempre estavam. Tom Ferguson uma vez chutou as placas de madeira para fora da porta velha e saiu por ali. Colocamos uma nova porta de tábua dupla para que eles não pudessem chutar.

– Fiquei na sala de aula para fazer algum trabalho – disse Eric.

– Bem, você perdeu Alexander Tracy. Ele esteve aqui para saber se você poderia jogar damas e, quando eu disse a ele que você podia, ele deixou um recado para você subir e jogar em alguma noite em breve. Não o vença com muita frequência, mesmo que você possa. Você vai precisar suportá-lo, eu lhe digo, mestre, pois ele tem um filho que pode lhe criar problemas quando começar a ir para a escola. Seth Tracy é um jovem travesso, e ele começou a fazer travessuras muito antes de aprender a comer. Ele tenta botar todo novo professor para correr e

KILMENY DO POMAR

tirou dois deles da escola. Mas ele encontrou seu correspondente no senhor West. Agora, com os meninos de William Tracy você não vai ter um mínimo de aborrecimento com *eles*. Sempre são bons porque a mãe lhes diz todo domingo que eles vão direto para o inferno se não se comportarem na escola. É eficaz. Pegue um pouco de conserva, mestre. Você sabe que não servimos as coisas aqui do jeito que a senhora Adam Scott faz quando tem pensionistas, acho que você não quer nada disso, quer? Mãe, Aleck diz que o velho George Wright está se divertindo. Sua esposa foi a Charlottetown para visitar a irmã e agora ele é seu próprio dono pela primeira vez desde que se casou, quarenta anos atrás. Ele está em uma orgia regular, diz Aleck. Ele fuma na sala de visitas e fica sentado até as onze horas lendo romances baratos.

– Talvez eu tenha conhecido o senhor Tracy – disse Eric. – Ele é um homem alto, com cabelos grisalhos e rosto sombrio e severo?

– Não, ele é um camarada alegre e roliço o Aleck, e ele parou de crescer muito antes mesmo de começar. Eu acho que o homem que você quer dizer é Thomas Gordon. Eu o vi dirigindo pela estrada também. Ele não vai incomodá-lo com convites, tem um pouco de medo disso. Os Gordon não são sociáveis, para dizer o mínimo. Não, senhor. Mãe, passe os biscoitos para o mestre.

– Quem era o jovem sujeito que estava com ele? – perguntou Eric, muito curioso.

– Neil. Neil Gordon.

– Esse é um nome escocês para tais rosto e olhos. Eu teria esperado Giuseppe ou Angelo. O garoto parece um italiano.

– Bem, agora, você sabe, mestre, acho que é provável que sim, visto que é exatamente isso que ele é. Você acertou em cheio. Italiano, sim, senhor! Eu acho que é demais para o gosto das pessoas decentes.

– Como um garoto italiano com nome escocês vive em um lugar como Lindsay?

– Bem, mestre, foi assim. Cerca de vinte e dois anos atrás, foram vinte e dois, mãe, ou vinte e quatro? Sim, foram vinte e dois, foi no mesmo

LUCY MAUD MONTGOMERY

ano em que Jim nasceu, e ele teria vinte e dois se tivesse vivido, pobre coitado. Bem, mestre, há vinte e dois anos, uns mascates italiano vieram e ficaram na casa dos Gordon. O país estava apinhado deles então. Eu costumava soltar o cachorro atrás de um deles todo dia, em média.

– Bem, esses mascates eram marido e mulher, e a mulher ficou doente lá na casa dos Gordon, e Janet Gordon a acolheu e cuidou dela. Um bebê nasceu no dia seguinte e a mulher morreu. Então, a primeira coisa que se soube foi que o pai se esquivou, arrumou tudo e nunca mais foi visto ou se ouviu falar dele depois. Os Gordon foram deixados com o belo jovem em suas mãos. As pessoas os aconselharam a mandá-lo para o orfanato, e esse teria sido o plano mais sábio, mas os Gordon nunca gostaram de seguir conselhos. O velho James Gordon estava vivo na época, pai de Thomas e Janet, e ele disse que nunca tiraria uma criança de sua porta. Ele era um velho autoritário e gostava de ser o chefe. As pessoas costumavam dizer que ele tinha ressentimento contra o sol, porque este se levantava e se punha sem ele se manifestar. De qualquer forma, eles mantiveram o bebê. Eles o chamaram de Neil e o batizaram como qualquer criança cristã. Ele sempre viveu lá. Eles fizeram bem o suficiente por ele. Ele foi enviado para a escola, levado para a igreja e tratado como um deles. Algumas pessoas acham que eles fizeram muito por ele. Nem sempre tem a ver com esse tipo, pois "o que está impregnado nos ossos é poderosamente suscetível de sair na carne", se a mácula estiver muito bem preservada. Neil é inteligente e ótimo trabalhador, eles me dizem. Mas as pessoas da vizinhança não gostam dele. Dizem que não se pode confiar mais nele. É certo que tem um temperamento horrível e, uma vez, quando ele estava indo para a escola, quase matou um garoto que implicava com ele; sufocou-o até o menino ficar com o rosto preto e Neil ser arrastado para longe.

– Bem, pai, você sabe que eles o provocavam terrivelmente – protestou a senhora Williamson. – O pobre garoto teve um tempo realmente muito difícil quando ia para a escola, mestre. As outras crianças estavam sempre atirando coisas nele e xingando-o.

Kilmeny do pomar

– Oh, ouso dizer que eles o atormentavam muito – admitiu o marido. – Ele tem uma ótima mão para o violino e gosta de companhia. Ele vai bastante ao porto. Mas dizem que ele tem momentos de mau humor quando não tem uma palavra para atirar em um cão. Não seria de admirar, morando com os Gordon. Eles são todos tão esquisitos quanto o chapéu de Dick.

– Pai, você não deveria falar assim dos seus vizinhos – disse a esposa, repreendendo-o.

– Bem, mãe, você sabe que eles são, se você falasse honestamente. Mas você é como a velha tia Nancy Scott, nunca diz nada severo, exceto no que diz respeito aos negócios. Você sabe que os Gordon não são como as outras pessoas, nunca foram e nunca serão. São as únicas pessoas estranhas que temos em Lindsay, mestre, exceto o velho Peter Cook, que mantém vinte e cinco gatos. Senhor, mestre, pense nisso! Que chance teria um pobre rato? Nenhum de nós é esquisito; pelo menos, não descobrimos se somos. Mas, por outro lado, somos extremamente desinteressantes, devo admitir isso.

– Onde moram os Gordon? – perguntou Eric, que havia rapidamente se acostumado a se agarrar a determinado ponto para investigar todos os labirintos desconcertantes da conversa do velho Robert.

– Lá longe, a menos de um quilômetro da estrada Radnor, com um espesso bosque de abeto entre eles e o resto do mundo. Eles nunca vão a lugar algum, exceto à igreja, nunca perdem uma missa, e ninguém vai à casa deles. Há apenas o velho Thomas, sua irmã Janet e uma sobrinha deles, e Neil, sobre quem estamos falando. Eles são um grupo estranho, austero e excêntrico, e eu direi, mãe. Calma, dê ao seu velho uma xícara de chá e não se preocupe com o modo como a minha língua se comporta. Por falar em chá, você sabe que a senhora Adam Palmer e a senhora Jim Martin tomaram chá juntas na última quarta-feira à tarde na casa de Foster Reid?

– Não. Ora, eu pensei que elas estivessem brigadas – disse a senhora Williamson, revelando um pouco de curiosidade feminina.

Lucy Maud Montgomery

– Mas elas estão, mas elas estão. Mas as duas por acaso visitaram a senhora Foster na mesma tarde e nenhuma delas foi embora, porque uma estaria cedendo à outra. Então elas aguentaram firme, em lados opostos da sala de visitas. A senhora Foster diz que nunca passou uma tarde tão desconfortável em toda a sua vida. Ela falava um momento para uma e depois para a outra. E elas continuaram conversando *com* a senhora Foster e uma *com* a outra. A senhora Foster disse que realmente pensou que teria que mantê-las a noite toda, pois nenhuma delas voltaria para casa antes da outra. Finalmente, Jim Martin entrou à procura de sua esposa, porque ele pensou que ela devia ter ficado emperrada no pântano, e isso resolveu o problema. Mestre, você não está comendo nada. Não ligue para minha parada; eu estava comendo meia hora antes de você chegar, e, de qualquer maneira, estou com pressa. Meu garoto ajudante foi para casa hoje. Ele ouviu o galo cantar às doze horas da noite passada e foi para casa ver quem de sua família está morto. Ele sabe que um deles morreu. Certa vez, ele ouviu um galo cantar no meio da noite e, no dia seguinte, soube que seu primo de segundo grau em Souris estava morto. Mãe, se o mestre não quiser mais chá, não há um pouco de creme para Timothy?

UMA APARIÇÃO ENCANTADORA

Pouco antes do pôr do sol naquela noite, Eric saiu para um passeio. Quando ele não ia para a praia, gostava de entregar-se a longas andanças pelos campos e bosques de Lindsay, na suavidade "doce do ano". A maioria das casas de Lindsay era construída ao longo da estrada principal, que corria paralela para a costa, ou ao redor das lojas na "Esquina". As fazendas corriam de volta para a solidão dos bosques e pastagens.

Eric se dirigiu para o sudoeste da fazenda Williamson, em uma direção que ele até então não havia explorado, e caminhou energicamente por ela, desfrutando da magia da estação em tudo ao redor dele, na terra, no ar e no céu. Ele a sentiu e adorou, e rendeu-se a ela, como qualquer pessoa de vida honesta e pulsações sãs deve fazer.

O bosque de abeto em que ele se encontrava no momento estava tomado por flechas de luz rubi do sol poente. Ele o atravessou, caminhando por um longo corredor de cor púrpura, onde o chão era marrom e elástico sob seus pés, e saiu além dele em uma cena que o surpreendeu.

Lucy Maud Montgomery

Nenhuma casa estava à vista, mas ele se encontrou olhando para um pomar; um velho pomar, evidentemente há muito negligenciado e abandonado. Mas um pomar demora a morrer; e esse, que outrora devia ter sido um local muito bonito, ainda era encantador; no entanto, havia no ar uma suave melancolia que parecia impregná-lo, a melancolia que investe todos os lugares que outrora foram cenas de alegria, prazer e vida jovem, e não são mais, lugares onde os corações palpitavam, pulsos vibravam, olhos brilhavam e vozes alegres ecoavam. Os fantasmas dessas coisas parecem persistir em suas antigas assombrações através de muitos anos vazios.

O pomar era grande e comprido, rodeado por uma cerca velha em ruínas de tempos passados, desbotada de um cinza prateado nos sóis de muitos verões perdidos. Em intervalos regulares, ao longo da cerca, estavam altos e retorcidos pinheiros, e um vento vespertino, mais doce do que o que soprava sobre os canteiros de especiarias do Líbano, cantava no topo deles uma canção antiga com poder para levar a alma de volta ao início dos tempos.

Para o Leste, um espesso bosque de pinheiros crescia, começando com minúsculas árvores emplumadas na grama e nivelando-se delas para os altos veteranos do meio do bosque, ininterrupta e uniformemente, dando o efeito de uma parede verde sólida e inclinada, tão lindamente compacta que parecia ter sido aparada pela arte em sua superfície de veludo.

A maior parte do pomar era cultivada exuberantemente com grama; mas, no final, onde Eric estava, havia uma área quadrada, sem árvores, que evidentemente servira como jardim de uma fazenda. Caminhos antigos ainda eram visíveis, cercados por pedras e grandes pedregulhos. Havia dois grupos de arbustos de lilás[4]; um florescendo em roxo real, outro em branco. Entre eles havia um canteiro cheio de pontas

---

4   Arbusto da família *Syringa vulgaris*. (N.T.)

KILMENY DO POMAR

estreladas de lírios de junho. Sua fragrância penetrante e obcecante destilava no ar orvalhado em cada sopro suave de vento. Ao longo da cerca, as roseiras cresciam, mas ainda era muito cedo para a estação das rosas.

Do outro lado estava o pomar propriamente dito, três longas filas de árvores com avenidas verdes entre elas, cada árvore posicionada em um maravilhoso sopro de rosa e branco.

O charme do lugar se apossou repentinamente de Eric como nada o fizera antes. Ele não era dado a fantasias românticas, mas o pomar o agarrou sutilmente e o atraiu para si, e ele nunca mais seria o mesmo homem. Ele passou por cima de um dos painéis quebrados da cerca e então, sem saber, avançou para encontrar toda aquela vida guardada para ele.

Ele caminhou ao longo da avenida central do pomar entre galhos longos e sinuosos com delicadas rosas em forma de coração. Quando alcançou a fronteira Sul, lançou-se em um canto gramado da cerca, onde outro arbusto de lilás crescia, com samambaias e violetas azuis silvestres em suas raízes. De onde estava agora, teve um vislumbre de uma casa a quase meio quilômetro de distância, sua aresta cinza espreitando de um escuro bosque de abeto. Parecia um lugar sombrio, tenebroso e remoto, e ele não sabia quem morava lá.

Ele tinha ampla visão para o Oeste, sobre distantes campos nebulosos e planícies enevoadas. O sol tinha acabado de se pôr e o mundo inteiro de prados verdes nadava em luz dourada. Do outro lado de um longo vale repleto de sombras, havia montanhas do pôr do sol e grandes lagos cor de açafrão e rosa, onde uma alma poderia se perder na cor. O ar estava muito perfumado com o batismo do orvalho e os odores de um canteiro de menta silvestre que ele pisoteara. Tordos assobiavam, nítidos, doces e de súbito, no bosque ao redor dele.

– Este é um verdadeiro "reduto de paz ancestral"[5] – citou Eric, olhando em volta com olhos encantados. – Eu poderia dormir aqui, sonhar e

---

5 Trecho do poema *The Palace of Art* (1832), do poeta inglês Alfred Tennyson (1809-1892). (N.T.)

LUCY MAUD MONTGOMERY

ter visões. Que céu! Alguma coisa poderia ser mais divina do que aquele belo cristal azul oriental e aquelas frágeis nuvens brancas que parecem rendas de tecido? Que fragrância estonteante e inebriante os lilases têm! Gostaria de saber se o perfume poderia deixar um homem embriagado. Aquelas macieiras agora, ora, o que é aquilo? – Eric pôs-se em marcha e ouviu. Do outro lado da melodiosa quietude, misturada com a suave canção do vento nas árvores e os cantos dos tordos semelhantes a flautas, veio uma música deliciosa, tão bonita e fantástica que Eric prendeu a respiração em perplexidade e deleite. Ele estava sonhando? Não, era música de verdade, a música de um violino tocada por alguma mão inspirada com o próprio espírito de harmonia. Ele nunca tinha ouvido nada como aquilo; e, de alguma forma, ele tinha certeza de que nada exatamente assim já havia sido ouvido antes; ele acreditava que aquela música maravilhosa vinha diretamente da alma do violinista invisível e se traduzia pela primeira vez nos sons mais arejados, delicados e requintados; a própria alma da música, com toda a sensação e requinte terreno do lugar.

Era uma melodia elusiva e obcecante, estranhamente adequada ao momento e ao lugar; havia nela o suspiro do vento no bosque, o sussurro sinistro da relva ao orvalhar, os pensamentos claros dos lírios de junho, o júbilo das flores de maçã; toda a alma de todas as velhas risadas, cantos, lágrimas, alegria e soluços que o pomar já conhecera nos anos perdidos; e, além de tudo isso, havia um grito comovente e lamentoso, como de alguma coisa aprisionada que apelava por liberdade e expressão.

A princípio, Eric ouviu como um homem enfeitiçado, emudecido e imóvel, perdido em deslumbramento. Então uma curiosidade muito natural o dominou. Quem em Lindsay poderia tocar violino assim? E quem, entre todos os lugares do mundo, estaria tocando bem ali, naquele velho pomar deserto?

Ele se levantou e caminhou pela longa avenida branca, indo o mais lenta e silenciosamente possível, pois não queria interromper o músico.

KILMENY DO POMAR

Quando alcançou o espaço aberto do jardim, deu uma breve parada em novo assombro, e foi novamente tentado a achar que certamente estaria sonhando.

Debaixo do arbusto de lilás branco estava um velho e afundado banco de madeira; e nesse banco uma garota estava sentada, tocando um velho violino marrom. Os olhos dela estavam no horizonte distante e ela não viu Eric. Por alguns momentos, ele ficou parado lá e olhou para ela. As imagens dela fotografaram-se na visão dele em detalhes, para nunca serem apagadas de seu livro de recordação. Até seu último dia, Eric Marshall seria capaz de recordar vivamente aquela cena como a viu na época: a escuridão aveludada dos bosques de abetos, o céu de brilho suave, a oscilação das flores dos lilases, e, no meio de tudo, a garota no velho banco com o violino debaixo do queixo.

Em seus vinte e quatro anos de vida, ele conhecera centenas de mulheres bonitas, um monte de mulheres belas, meia dúzia de mulheres realmente lindas. Mas ele soube imediatamente, além de toda a possibilidade de dúvida ou incerteza, que nunca tinha visto ou imaginado algo tão primoroso como aquela garota do pomar. Sua beleza era tão perfeita que a respiração dele quase desapareceu em seu primeiro deleite.

O rosto dela era oval, acentuado como um camafeu em cada linha e feição, com aquela expressão de absoluta e impecável pureza encontrada nos anjos e *madonas* de pinturas antigas, uma pureza que não continha em si a mais tênue tensão terrena. Sua cabeça estava nua, e seus cabelos espessos muito pretos estavam separados acima da testa e pendurados em duas tranças lustrosas e pesadas sobre os ombros. Seus olhos eram de um tom de azul como Eric nunca tinha visto antes, o tom do mar na luz calma e tranquila que se segue após um belo pôr do sol; eram tão luminosos quanto as estrelas que surgiam sobre o porto de Lindsay no brilho da tarde, e eram delineados por cílios muito compridos e pretos como fuligem, e arqueados por sobrancelhas escuras delicadamente desenhadas a lápis. Sua pele era tão fina e puramente corada quanto o coração de uma rosa branca. O vestido sem gola de estampa azul pálido que ela usava revelava seu pescoço esbelto e macio; as mangas estavam arregaçadas acima dos cotovelos, e a mão que guiava o arco do violino talvez fosse a coisa mais bonita nela, perfeita em forma e textura, firme e branca, com unhas rosadas em dedos estreitos. Uma longa e pendente pluma de flor de lilás tocou levemente seus cabelos e lançou uma sombra ondulante sobre o rosto em forma de flor.

Havia algo de muito infantil nela, e, no entanto, pelo menos dezoito doces anos devem ter se passado para ela. Ela parecia estar tocando quase inconscientemente, como se seus pensamentos estivessem distantes, em alguma bela terra dos sonhos dos céus. Mas, naquele momento, ela desviou o olhar da linha do pôr do sol e seus adoráveis olhos caíram sobre Eric, que estava imóvel diante dela na sombra da macieira.

A mudança repentina que tomou conta dela foi surpreendente. Ela saltou em seus pés, a música se interrompendo no meio da tensão e o arco escorregando da mão para a grama. Cada indício de cor desapareceu de seu rosto, e ela tremia como um dos lírios de junho agitados pelo vento.

– Desculpe-me – disse Eric apressadamente. – Lamento tê-la alarmado. Mas sua música era tão bonita que eu não lembrei que você não estava ciente da minha presença aqui. Por favor, perdoe-me.

Ele parou consternado, pois de repente percebeu que a expressão no rosto da garota era de terror, não apenas o alarme assustado de uma criatura tímida e infantil que se pensava sozinha, mas absoluto terror. Que foi traído em seus lábios pálidos e trêmulos e nos olhos azuis amplamente distendidos que o fitavam com a expressão de alguma coisa selvagem capturada.

Doía-lhe que qualquer mulher o olhasse daquela maneira, para ele que sempre defendeu a feminilidade com tanta reverência.

– Não fique tão assustada – ele disse gentilmente, pensando apenas em acalmar o medo dela e falando como falaria com uma criança. – Eu não vou te machucar. Você está segura, completamente segura.

KILMENY DO POMAR

Em sua ânsia de tranquilizá-la, ele deu um passo inconsciente para a frente. Instantaneamente ela se virou e, sem emitir um som, fugiu para o meio do pomar, através de uma brecha na cerca Norte e ao longo do que parecia ser uma trilha que margeava o bosque de pinheiro, arqueada de cerejeiras silvestres enevoadas e brancas na penumbra. Antes que Eric pudesse recuperar o juízo, ela desapareceu da vista dele entre os pinheiros.

Ele se curvou e pegou o arco do violino, sentindo-se ligeiramente tolo e muito aborrecido.

– Bem, isso é uma coisa muito misteriosa – ele disse, um tanto impaciente. – Estou enfeitiçado? Quem era ela? *O que* era ela? Será possível que seja uma garota de Lindsay? E por que, em nome de tudo o que é provocante, ela ficaria tão assustada com a mera visão de mim? Nunca pensei que eu fosse uma pessoa particularmente hedionda, mas certamente essa aventura não elevou minha vaidade a alguma extensão perceptível. Talvez eu tenha vagado em um pomar encantado e tenha sido exteriormente transformado em um ogro. Agora que cheguei a pensar nisso, há algo bastante estranho neste lugar. Tudo pode acontecer aqui. Não é um pomar comum para a produção de maçãs comercializáveis, como se pode ver claramente. Não, é uma localidade muito insalubre; e quanto mais cedo eu escapar daqui, melhor.

Ele relanceou o olhar ao redor com um sorriso singular. A luz estava se desvanecendo rapidamente, e o pomar estava cheio de sombras suaves e rastejantes e de silêncios. Parecia piscar os olhos sonolentos de um prazer travesso em sua perplexidade. Ele deitou o arco do violino no velho banco.

– Bem, não adianta segui-la, e não tenho o direito de fazê-lo, mesmo que fosse útil. Mas eu certamente gostaria que ela não tivesse fugido em um terror tão evidente. Olhos como os dela nunca foram feitos para expressar nada além de ternura e confiança. Por que... por que... *Por que* ela estava tão assustada? E quem... quem... *quem*... ela pode ser?

Todo o caminho de casa, sobre os campos e pastagens que começavam a ficar prateados pelo luar, ele ponderou sobre o mistério.

– Deixe-me ver – ele refletiu. – O senhor Williamson estava descrevendo as garotas de Lindsay para mim na outra noite. Se me lembro corretamente, ele disse que havia quatro belas garotas no distrito. Quais eram os nomes delas? Florrie Woods, Melissa Foster, não, Melissa Palmer, Emma Scott e Jennie May Ferguson. Ela pode ser uma delas? Não, é uma flagrante perda de tempo supor isso. Aquela garota não poderia ser uma Florrie, ou uma Melissa, ou uma Emma, e Jennie May está completamente fora de questão. Bem, há algum feitiço no caso. Disso eu estou convencido. Então é melhor esquecer tudo.

Mas Eric descobriu que era impossível esquecer tudo. Quanto mais ele tentava esquecer, mais intensa e insistentemente se lembrava. O rosto requintado da garota o assombrava, e o mistério sobre ela o atormentava.

É verdade que ele sabia que, com toda a probabilidade, ele poderia facilmente resolver o problema perguntando aos Williamson sobre ela. Mas, de alguma forma, para sua surpresa, ele descobriu que não se atrevia a fazer isso. Ele sentia que era impossível perguntar a Robert Williamson sem provavelmente ter o nome da garota transbordado em uma torrente de fofoca mesquinha a respeito dela e de todos os seus antecedentes e ancestrais até a terceira e quarta geração. Se ele tivesse que perguntar a alguém, seria para a senhora Williamson; mas ele pretendia descobrir o segredo por si mesmo, se fosse possível.

Ele havia planejado ir ao porto na noite seguinte. Um dos homens da lagosta havia prometido levá-lo à pesca de bacalhau. Mas, em vez disso, ele vagou para o sudoeste, novamente pelos campos.

Encontrou o pomar com facilidade; ele meio que esperava *não* o encontrar. Ainda era o mesmo local perfumado, gramado e assombrado pelo vento. Mas não tinha nenhum ocupante, e o arco do violino havia sumido do velho banco.

KILMENY DO POMAR

– Talvez ela tenha voltado aqui na ponta dos pés à luz da Lua – pensou Eric, agradando sua fantasia pela visão de uma figura graciosa e feminina roubando, com um coração palpitante, em meio à sombra e ao luar misturados. – Eu me pergunto se é possível que ela venha esta noite ou eu a assustei para sempre? Vou me esconder atrás desse bosque de abeto e esperar.

Eric esperou até escurecer, mas nenhuma música soou através do pomar e ninguém apareceu. A intensidade de seu desapontamento o surpreendeu, mais ainda, o irritou. Que absurdo estar tão excitado porque uma garotinha que ele vira por cinco minutos não apareceu! Onde estava seu bom senso, como diria o velho Robert Williamson? Naturalmente, um homem gostava de olhar para um rosto bonito. Mas era por isso que ele deveria se sentir como se a vida fosse vazia, estagnada e sem sentido, simplesmente porque não podia olhar para ela? Ele se chamou de tolo e voltou para casa com um humor petulante. Chegando lá, mergulhou ferozmente na resolução de equações algébricas e em exercícios de Geometria, determinado a tirar de sua cabeça imediatamente todas as vãs imaginações de um pomar encantado, branco ao luar, com cadências de música élfica ecoando por suas longas arcadas.

O dia seguinte era domingo e Eric foi à igreja duas vezes. O banco dos Williamson era um dos que ficavam na lateral do topo da igreja, e seus ocupantes praticamente encaravam a congregação. Eric olhou para cada garota e mulher da plateia, mas não viu nada do rosto que, desafiando categoricamente sua força de vontade e seu bom senso, assombrava sua memória como uma estrela.

Thomas Gordon estava lá, sentado sozinho em seu banco longo e vazio perto do topo do edifício; e Neil Gordon cantou no coro, que ocupava o banco da frente da galeria. Ele tinha uma voz poderosa e melodiosa, embora não treinada, que dominou a canção e tirou o brilho dos tons mais fracos e comuns dos outros cantores. Estava bem vestido em um terno de sarja azul-escuro, com colarinho branco e gravata.

LUCY MAUD MONTGOMERY

Mas Eric achou que aquilo não o tornava tão bem quanto as roupas de trabalho em que o vira pela primeira vez. Ele estava obviamente muito vestido e parecia mais grosseiro e sem harmonia com o ambiente.

Por dois dias, Eric recusou-se a pensar no pomar. Segunda-feira à noite ele foi pescar bacalhau, e na noite de terça-feira foi jogar damas com Alexander Tracy. Alexander venceu todos os jogos com tanta facilidade que nunca mais teve nenhum respeito por Eric Marshall.

– Jogou como um cara cujos pensamentos estavam nas nuvens – ele reclamou para sua esposa. – Ele nunca será um jogador de damas, nunca neste mundo.

A HISTÓRIA DE KILMENY

Na quarta-feira à noite, Eric foi ao pomar novamente; e novamente ficou desapontado. Foi para casa determinado a resolver o mistério por meio de um inquérito aberto. A sorte o favoreceu, pois ele encontrou a senhora Williamson sozinha, sentada perto da janela Oeste de sua cozinha, tricotando uma longa meia cinza. Ela cantarolava baixinho enquanto tricotava, e Timothy dormia pesadamente a seus pés. Ela olhou para Eric com uma afeição silenciosa em seus olhos grandes e cândidos. Ela gostava do senhor West, mas Eric encontrara o caminho para a câmara interna do coração dela, pelo motivo de seus olhos serem tão parecidos com os do filho pequeno que ela enterrara no cemitério de Lindsay muitos anos antes.

– Senhora Williamson – disse Eric, com um descaso afetado –, eu descobri um velho pomar deserto atrás dos bosques na semana passada, um pedaço encantador de natureza selvagem. Você sabe de quem é?

– Suponho que deve ser o velho pomar dos Connors – respondeu a senhora Williamson após um momento de reflexão. – Eu tinha esquecido completamente dele. Deve fazer trinta anos que o senhor e a senhora Connors se mudaram. A casa e os celeiros deles foram incendiados e eles venderam a terra a Thomas Gordon e foram morar na cidade. Ambos estão mortos agora. O senhor Connors costumava ter muito orgulho do seu pomar. Na época, não havia muitos pomares em Lindsay, embora quase todo mundo tenha um agora.

– Havia uma jovem garota lá, tocando violino – disse Eric, irritado ao descobrir que lhe custou um esforço falar sobre ela, e que o sangue subiu em seu rosto quando falou. – Ela fugiu muito alarmada assim que me viu, embora eu não ache que tenha feito ou dito algo para assustá-la ou irritá-la. Eu não tenho ideia de quem ela era. Você sabe?

A senhora Williamson não respondeu de imediato. Ela deitou o tricô de lado e fitou o olhar para fora da janela como se estivesse ponderando seriamente sobre alguma questão em sua própria mente. Por fim, ela disse, com uma entonação de entusiasmado interesse em sua voz:

– Suponho que deve ter sido Kilmeny Gordon, mestre.

– Kilmeny Gordon? Você quer dizer a sobrinha de Thomas Gordon, de quem seu marido falou?

– Sim.

– Mal posso acreditar que a garota que vi possa ser um membro da família de Thomas Gordon.

– Bem, se não era Kilmeny Gordon, não sei quem poderia ter sido. Não há outra casa perto daquele pomar, e ouvi dizer que ela toca violino. Se foi Kilmeny, você viu o que poucas pessoas em Lindsay já viram, mestre. E esses poucos nunca a viram por perto. Eu mesma nunca coloquei os olhos nela. Não é de admirar que ela tenha fugido, pobre menina. Ela não está acostumada a ver estranhos.

– Fico bastante contente se essa foi a única razão de sua fuga – disse Eric. – Admito que não gostei de ver uma garota tão assustada comigo como ela pareceu estar. Estava branca como papel e tão aterrorizada que nem sequer pronunciou uma palavra, mas fugiu como um cervo para um abrigo.

KILMENY DO POMAR

– Bem, ela não poderia ter dito uma palavra em nenhum caso – disse a senhora Williamson em voz baixa. – Kilmeny Gordon é muda.

Eric ficou em um silêncio consternado por um momento. Aquela bela criatura, afligida de tal maneira, ora, era horrível! Misturada com sua consternação, havia uma estranha sensação de pesar e decepção pessoal.

– Não poderia ter sido Kilmeny Gordon, então – ele protestou finalmente, lembrando. – A garota que vi tocou o violino primorosamente. Eu nunca ouvi nada parecido. É impossível que um surdo-mudo possa tocar assim.

– Oh, ela não é surda, mestre – respondeu a senhora Williamson, olhando profundamente para Eric através dos óculos. Ela pegou seu tricô e caiu no trabalho novamente. – Essa é a parte estranha disso, se alguma coisa nela pode ser mais estranha do que outra. Ela pode ouvir tanto quanto qualquer um e entender tudo o que lhe é dito. Mas ela não consegue falar uma palavra e nunca conseguiu, pelo menos é o que dizem. A verdade é que ninguém sabe muito sobre ela. Janet e Thomas nunca falam dela, e Neil também não. Ele também já foi bastante questionado, você pode contar com isso; mas ele nunca dirá uma palavra sobre Kilmeny e fica bravo se as pessoas insistem.

– Por que não se deve falar dela? – perguntou Eric, impaciente. – Qual é o mistério a respeito dela?

– É uma história triste, mestre. Suponho que os Gordon vejam sua existência como uma espécie de desgraça. Da minha parte, eu acho terrível a maneira como ela tem sido criada. Mas os Gordon são pessoas muito estranhas, senhor Marshall. Eu meio que repreendi o pai por dizer isso, você lembra, mas é verdade. Eles têm maneiras muito estranhas. E você realmente viu Kilmeny? Como ela é? Ouvi dizer que ela é bonita. É verdade?

– Eu a achei muito bonita – disse Eric, bruscamente. – Mas *como* ela tem sido criada, senhora Williamson? E por quê?

– Bem, eu poderia muito bem lhe contar a história toda, mestre. Kilmeny é sobrinha de Thomas e Janet Gordon. A mãe dela era Margaret Gordon, a irmã mais nova deles. O velho James Gordon veio da Escócia. Janet e Thomas nasceram no velho país e eram crianças pequenas quando chegaram aqui. Eles nunca foram muito sociáveis, mas ainda assim costumavam visitar algumas pessoas e as pessoas costumavam ir à casa deles. Eles eram pessoas gentis e honestas, mesmo que fossem um pouco peculiares. A senhora Gordon morreu alguns anos depois que eles chegaram; quatro anos depois, James Gordon foi para casa na Escócia e trouxe consigo uma nova esposa. Ela era muito mais nova que ele e uma mulher muito bonita, como minha mãe costumava me dizer. Ela era amigável e alegre e gostava da vida social. A casa dos Gordon era um tipo de lugar muito diferente depois que ela chegou lá, e até Janet e Thomas se tornaram um bocado mais amigáveis e brandos. Eles gostavam muito de sua madrasta, ouvi dizer. Então, seis anos depois que ela se casou, a segunda senhora Gordon também morreu. Ela morreu quando Margaret nasceu. Dizem que James Gordon quase teve seu coração partido por causa disso. Janet criou Margaret. Ela e Thomas adoravam a criança, e seu pai também. Eu conheci Margaret Gordon. Tínhamos a mesma idade e estudávamos na mesma escola. Sempre fomos boas amigas até que ela se voltou contra o mundo todo. Ela era uma garota estranha em alguns aspectos até então, mas eu sempre gostei dela, embora muitas pessoas não gostassem. Ela tinha alguns inimigos amargos, mas também tinha amigos dedicados. Era o jeito dela. Ela fazia com que as pessoas a odiassem ou a amassem. Aqueles que a amavam teriam atravessado fogo e água por ela. Quando cresceu, tornou-se muito bonita: alta e esplêndida, como uma rainha, com grandes tranças grossas de cabelos pretos e bochechas e lábios vermelhos. Todo mundo que a via olhava para ela uma segunda vez. Era um pouco vaidosa de sua beleza, eu acho, mestre. E era orgulhosa, oh, ela era muito orgulhosa. Gostava de ser a primeira em tudo e não

KILMENY DO POMAR

suportava não demonstrar boa vantagem. Era terrivelmente determinada também. Não se podia fazê-la ceder nem um centímetro, mestre, quando ela já havia se decidido em algum ponto. Mas ela era calorosa e generosa. Podia cantar como um anjo e era muito inteligente. Podia aprender qualquer coisa com apenas um olhar e gostava muito de ler. Enquanto falo sobre ela dessa maneira, tudo volta para mim, exatamente como ela era e como parecia, falava e agia, e o jeitinho que ela tinha de mover as mãos e a cabeça. Confesso que quase parece como se ela estivesse bem aqui nesta sala, em vez de estar ali no cemitério da igreja. Eu gostaria que você acendesse a lâmpada, mestre. Eu me sinto um pouco nervosa.

Eric se levantou e acendeu a lâmpada, admirando-se um pouco com a exibição incomum de nervosismo da senhora Williamson. Ela era geralmente tão calma e serena.

– Obrigada, mestre. Assim está melhor. Não vou ficar imaginando agora que Margaret Gordon esteja aqui ouvindo o que estou dizendo. Eu tive uma sensação tão forte um momento atrás. Suponho que ache que estou demorando muito para chegar a Kilmeny, mas estou chegando lá. Eu não queria falar muito sobre Margaret, mas, de alguma forma, meus pensamentos foram tomados por ela. Bem, Margaret passou no exame e foi para a Queen's Academy e conseguiu uma licença de professora. Ela foi muito bem aprovada quando o resultado foi publicado, mas Janet me disse que ela chorou a noite toda depois que a lista de aprovados saiu, porque havia alguns na frente dela. Ela foi lecionar na escola de Radnor. Foi lá que ela conheceu um homem chamado Ronald Fraser. Margaret nunca havia tido um namorado antes. Poderia ter tido qualquer jovem em Lindsay se o quisesse, mas ela não olhava para nenhum deles. Diziam que era porque ela pensava que ninguém era bom o suficiente para ela, mas não era assim, mestre. Eu sabia, porque Margaret e eu costumávamos conversar sobre esses assuntos, como as garotas fazem. Ela não aceitava sair com qualquer um, a menos que fosse alguém de quem ela gostasse. E não havia ninguém em Lindsay com quem ela se importasse tanto.

– Esse Ronald Fraser era um estrangeiro da Nova Escócia, e ninguém sabia muito sobre ele. Era viúvo, embora fosse apenas um jovem. Havia estabelecido lojas em Radnor e estava se dando bem. Ele era realmente bonito e tinha maneiras como as mulheres gostam. Dizia-se que todas as garotas de Radnor estavam apaixonadas por ele, mas não acho que seu pior inimigo poderia ter dito que ele flertava com elas. Ele nunca reparou nelas; mas na primeira vez que viu Margaret Gordon, apaixonou-se por ela e ela por ele.

– Eles vieram juntos à igreja em Lindsay no domingo seguinte e todo mundo disse que formariam um casal. Margaret estava linda naquele dia, tão gentil e feminina. Ela estava acostumada a manter a cabeça bem elevada, mas naquele dia ela a pendia um pouco e seus olhos negros estavam abatidos. Ronald Fraser era muito alto e louro, com olhos azuis. Eles formavam o casal mais bonito que já vi.

– Mas o velho James Gordon, Thomas e Janet não o aprovavam muito. Vi isso claramente uma vez que estive lá, e ele trouxe Margaret de Radnor na sexta-feira à noite. No entanto, acho que eles não teriam gostado de ninguém que se interessasse por Margaret. Eles pensavam que ninguém era bom o suficiente para ela.

– Mas Margaret convenceu todos eles a tempo. Ela podia fazer praticamente qualquer coisa com eles, tão apaixonados e orgulhosos dela que eles eram. O pai resistiu mais tempo, mas finalmente cedeu e consentiu que ela se casasse com Ronald Fraser.

– Eles tiveram um grande casamento também, todos os vizinhos foram convidados. Margaret sempre gostou de fazer uma exibição. Eu fui a dama de honra dela, mestre. Ajudei-a a se vestir e nada a agradava; ela queria parecer tão bonita por causa de Ronald. Ela foi uma noiva linda; vestida de branco, com rosas vermelhas no cabelo e no peito. Não usaria flores brancas; disse que pareciam demais com flores funerárias.

Ela parecia uma pintura. Eu posso vê-la neste minuto, com tanta clareza, exatamente como ela estava naquela noite, ora corando, ora empalidecendo, e olhando Ronald com seus olhos de amor. Se alguma vez uma garota amou um homem com todo seu coração, foi Margaret Gordon. Isso quase me fez sentir medo. Ela deu a ele a adoração que não é certo dar a ninguém, exceto a Deus, mestre, e acho que isso é sempre punido.

– Eles foram morar em Radnor, e por um tempo tudo correu bem. Margaret tinha uma bela casa e era alegre e feliz. Vestia roupas bonitas e se divertia bastante. Então... bem, a primeira esposa de Ronald Fraser apareceu procurando por ele! Ela não estava morta, no fim das contas.

– Oh, houve um escândalo terrível, mestre. A conversa e as fofocas foram algo terrível. Cada um que você encontrava tinha uma história diferente, e era difícil obter a verdade. Alguns diziam que Ronald Fraser sabia o tempo todo que sua esposa não estava morta e havia enganado Margaret. Mas acho que ele não sabia. Ele jurou que não. Eles não foram muito felizes juntos, ao que parece. A mãe dela criou problemas entre eles. Depois ela foi visitar a mãe em Montreal e morreu no hospital lá, e então a notícia chegou a Ronald. Talvez ele tenha acreditado nisso um pouco prontamente, mas de que ele acreditou eu nunca tive uma dúvida. A história dela foi que morreu outra mulher com o mesmo nome. Quando ela descobriu que Ronald pensava que ela estava morta, ela e sua mãe concordaram em deixá-lo pensar assim. Mas quando soube que ele havia casado novamente, achou melhor deixá-lo saber a verdade.

– Tudo soava como uma história esquisita, e suponho que não se poderia culpar as pessoas por não acreditarem nela muita facilmente. Mas sempre achei que era verdade. Margaret, no entanto, achava que não. Ela acreditava que Ronald Fraser a havia enganado, sabendo o tempo todo que ele não poderia fazer dela sua esposa legal. Ela se virou contra ele e o odiou tanto quanto o havia amado antes.

– Ronald Fraser foi embora com sua verdadeira esposa e, em menos de um ano, veio a notícia de sua morte. Eles disseram que ele morreu de coração partido, nada mais nem menos.

– Margaret voltou para a casa de seu pai. Desde o dia em que ela ultrapassou o limiar de sua porta, ela nunca saiu até ser carregada em seu caixão, três anos atrás. Nenhuma alma fora de sua própria família a viu novamente. Fui vê-la, mas Janet me disse que ela não me veria. Foi tolice de Margaret agir assim. Ela não tinha feito nada realmente errado; e todos estavam com pena dela e a teriam ajudado em tudo o que pudessem. Mas acho que a piedade a cortou tão profundamente quanto a culpa poderia ter feito, e mais ainda porque, você entende, mestre, ela era tão orgulhosa que não podia suportar isso.

– Dizem que o pai dela também foi cruel com ela; e isso seria injusto, se fosse verdade. Janet e Thomas também sentiram a desgraça. As pessoas que tinham o hábito de ir à casa dos Gordon logo pararam de ir, pois podiam ver que não eram bem-vindas.

– O velho James Gordon morreu naquele inverno. Ele nunca mais ergueu a cabeça depois do escândalo. Ele era presbítero na igreja, mas entregou sua demissão imediatamente e ninguém pôde convencê-lo a voltar atrás.

– Kilmeny nasceu na primavera, mas ninguém a viu, exceto o ministro que a batizou. Ela nunca foi levada para a igreja ou enviada para a escola. Claro, suponho que não teria sido útil ir à escola quando não conseguia falar, e é provável que a própria Margaret tenha lhe ensinado tudo o que podia. Mas era terrível que ela nunca fosse levada à igreja ou deixada entre as crianças e os jovens. E foi uma pena que nada foi feito para descobrir por que ela não podia falar ou se poderia ser curada.

– Margaret Gordon morreu há três anos, e todos em Lindsay foram ao funeral. Mas eles não a viram. A tampa do caixão estava aparafusada. E eles também não viram Kilmeny. Eu adoraria *vê-la* pelo bem de Margaret, mas eu não queria ver a pobre Margaret. Eu nunca mais

KILMENY DO POMAR

a vi desde a noite em que ela foi uma noiva, pois deixei Lindsay logo depois e, quando voltei para casa, o escândalo havia acabado de explodir. Lembrava-me de Margaret com todo o seu orgulho e beleza, e não podia suportar olhar para seu rosto morto e ver as terríveis mudanças que sabia que deviam estar lá.

– Achavam que talvez Janet e Thomas levariam Kilmeny embora depois que sua mãe se foi, mas eles nunca o fizeram, então suponho que devem ter concordado com Margaret sobre a maneira como ela havia sido criada. Muitas vezes eu lamento pela pobre garota, e não acho que sua família tenha feito o certo por ela, mesmo que ela estivesse misteriosamente doente. Ela deve ter tido uma vida muito triste e solitária.

– Esta é a história, mestre, e a venho contando há muito tempo, ouso dizer que é o que você pensa. Mas o passado realmente parecia estar vivo de novo para mim enquanto eu falava. Se você não quer ser incomodado com perguntas sobre Kilmeny Gordon, mestre, é melhor não revelar que a viu.

Eric não era capaz disso. Ele ouvira tudo o que queria saber e mais.

"Então essa garota está no cerne de uma tragédia" – ele refletiu, enquanto ia para seu quarto. "E ela é muda! Que pena! Kilmeny! O nome combina com ela. É tão adorável e inocente quanto a heroína do antigo poema. 'E oh, Kilmeny era linda de se ver.'[6] Mas o próximo verso certamente não é tão apropriado, pois seus olhos eram tudo menos 'imóveis e resolutos', depois que ela me viu, em todo o caso."

Ele tentou tirá-la de seus pensamentos, mas não conseguiu. A lembrança de seu lindo rosto o atraía com um poder ao qual ele não podia resistir. Na noite seguinte, ele foi novamente ao pomar.

---

6 "And O, her beauty was fayir to see, /But still and steedfast was her ee!", "Kilmeny", trecho do poema *The Queen's Wake* (1813), de James Hogg (1770-1835), poeta, ensaísta e novelista escocês. (N.T.)

UMA ROSA
DE FEMINILIDADE

Quando saiu do bosque de abeto e entrou no pomar, seu coração deu um salto repentino e ele sentiu que o sangue subiu loucamente em seu rosto. Ela estava lá, curvada sobre o canteiro de lírios de junho no centro da horta. Ele podia ver somente o perfil dela, virginal e branco.

Ele parou, não querendo assustá-la novamente. Quando ela levantou a cabeça, ele esperava vê-la se encolher e fugir, mas ela não o fez; apenas ficou um pouco mais pálida e imóvel, observando-o atentamente.

Percebendo isso, ele caminhou lentamente em sua direção e, quando estava tão perto dela que podia ouvir a vibração nervosa de sua respiração sobre seus lábios entreabertos e trêmulos, ele, com muita gentileza, disse:

– Não tenha medo de mim. Sou um amigo e não desejo incomodá-la ou aborrecê-la de forma alguma.

KILMENY DO POMAR

Ela pareceu hesitar por um momento. Então ergueu uma pequena lousa pendurada em seu cinto, escreveu algo rapidamente e a estendeu para ele. Ele leu, em uma letra pequena e distinta:

– Não tenho medo de você agora. Mamãe me dizia que todos os homens estranhos eram muito perversos e perigosos, mas não acho que você seja. Pensei muito em você e lamento ter fugido na outra noite.

Ele percebeu toda a sua inocência e simplicidade. Olhando intensamente em seus olhos ainda perturbados, ele disse:

– Eu não faria nenhum mal a você por nada neste mundo. Nem todos os homens são perversos, embora seja verdade que alguns são. Meu nome é Eric Marshall e estou lecionando na escola de Lindsay. Você, eu suponho, é Kilmeny Gordon. Eu achei sua música tão adorável na outra noite que desde então eu venho desejando ouvi-la novamente. Você não vai tocar para mim?

O medo já havia saído por completo de seus olhos a essa altura, e de repente ela sorriu; um sorriso alegre, feminino e totalmente irresistível, que desfez a calma de seu rosto como um brilho de luz do sol ondulando sobre um mar plácido. Então ela escreveu:

– Sinto muito por não poder tocar esta noite. Eu não trouxe meu violino comigo. Mas vou trazê-lo amanhã à noite e tocar para você, se quiser me ouvir. Eu gostaria de agradar você.

Mais uma vez aquele tom de franqueza inocente! Que criança ela era, que criança linda e ingênua, absolutamente sem habilidade na arte de esconder seus sentimentos! Mas por que deveria escondê-los? Eles eram tão puros e bonitos quanto ela. Eric sorriu de volta para ela com igual franqueza.

– Gostaria mais do que posso dizer e certamente virei amanhã à noite se estiver tudo bem. Mas se tudo estiver enevoado ou desagradável, você não deve vir. Nesse caso, outra noite servirá. E agora, você não vai me dar algumas flores?

LUCY MAUD MONTGOMERY

Ela assentiu, com outro sorrisinho, e começou a colher alguns dos lírios de junho, selecionando cuidadosamente o mais perfeito entre eles. Ele observou seus movimentos ágeis e graciosos com deleite; cada movimento parecia poesia em si. Ela parecia uma total encarnação da primavera: como se todo o reluzir das folhas jovens e o brilho das manhãs frescas e a doçura evanescente das flores jovens em mil primaveras tivessem sido incorporados nela.

Quando ela foi até ele, radiante, com as mãos cheias de lírios, um dístico de um poema favorito surgiu de repente na cabeça dele:

"Uma flor branca avermelhada
Que revela levemente uma bainha de flores desbotadas.
Aqui, pela cruz de Deus, é a única donzela para mim.[7]"

No momento seguinte, ele ficou bravo consigo mesmo por sua loucura. Afinal, ela era apenas uma criança, e uma criança separada de seus semelhantes por seu triste distúrbio. Ele não deveria se deixar levar por bobagens.

– Obrigado. Esses lírios de junho são as flores mais doces que a primavera nos traz. Você sabia que o nome verdadeiro deles é narciso branco? – Ela pareceu contente e interessada.

– Não, eu não sabia – ela escreveu. – Eu sempre li sobre o narciso branco e me perguntei como ele era parecido. Nunca pensei que fosse o mesmo que os meus queridos lírios de junho. Estou feliz por você ter me contado. Eu amo muito as flores. Elas são minhas boas amigas.

– Você não pode deixar de ser amiga dos lírios. Como sempre gostou de ser – disse Eric. – Venha e sente-se no velho banco, aqui, onde você estava sentada naquela noite em que eu a assustei tanto. Eu não podia

---

7 Trecho do poema "The Marriage of Geraint" (1857), de Alfred Tennyson (1809-1892), em Idylls of the King. (N.T.)

KILMENY DO POMAR

imaginar quem ou o que você era. Algumas vezes eu achava que tinha apenas sonhado com você – ele acrescentou baixinho e sem ser ouvido por ela –, eu nunca poderia ter sonhado com algo tão adorável.

Ela se sentou ao lado dele no velho banco e olhou o rosto dele sem se encolher. Não havia audácia em seu olhar, nada além da mais perfeita confiança infantil e segurança. Se havia algum mal em seu coração, qualquer pensamento oculto, ele tinha medo de reconhecer, aqueles olhos devem ter procurado e envergonhado qualquer mal. Mas ele poderia encontrá-los sem medo. Então ela escreveu:

– Fiquei muito assustada. Você deve ter me achado muito boba, mas eu nunca tinha visto nenhum homem além de tio Thomas, Neil e o vendedor de ovos. E você é diferente deles, oh, muito, muito diferente. Eu tive medo de voltar aqui na noite seguinte. E, no entanto, de alguma forma, eu queria vir. Eu não queria que você pensasse que eu não sabia como me comportar. Enviei Neil de volta para pegar o meu arco de manhã. Eu não poderia ficar sem ele. Eu não posso falar, você sabe. Você lamenta?

– Lamento muito por sua causa.

– Sim, mas o que eu quero dizer é: você gostaria mais de mim se eu pudesse falar como as outras pessoas?

– Não, isso não faz diferença de maneira nenhuma, Kilmeny. A propósito, você se importa de eu te chamar de Kilmeny?

Ela pareceu intrigada e escreveu:

– De que outra forma você deveria me chamar? Esse é meu nome. Todo mundo me chama assim.

– Mas eu sou um estranho para você, e talvez você queira que eu te chame de Miss Gordon.

– Ah, não, eu não gostaria disso – ela escreveu rapidamente, com um olhar angustiado em seu rosto. – Ninguém nunca me chama assim. Isso me faria sentir como se eu não fosse eu, mas outra pessoa. E você não parece um estranho para mim. Existe alguma razão para você não me chamar de Kilmeny?

– Não há nenhuma razão, se você me permitir o privilégio. Você tem um nome muito adorável, o nome que você realmente deveria ter.

– Estou feliz que você goste dele. Você sabia que fui chamada assim por causa de minha avó, e ela por causa de uma garota de um poema? Tia Janet nunca gostou do meu nome, apesar de gostar da minha avó. Mas estou feliz que você goste tanto do meu nome como de mim. Eu estava com medo de que você não gostasse de mim porque não posso falar.

– Você pode falar por meio da sua música, Kilmeny.

Ela pareceu contente.

– Quão bem você entende – ela escreveu. – Sim, não posso falar ou cantar como as outras pessoas, mas posso fazer meu violino dizer coisas por mim.

– Você compõe sua própria música? – ele perguntou. Mas ele viu que ela não o compreendeu. – Quero dizer, alguém lhe ensinou a música que você tocou aqui naquela noite?

– Ah, não. Ela apenas veio enquanto eu pensava. Sempre foi assim. Quando eu era muito pequena, Neil me ensinou a segurar o violino e o arco, e o resto veio por si só. Meu violino já pertenceu a Neil, mas ele me deu. Neil é muito bom e gentil comigo, mas eu gosto mais de você. Conte-me um pouco sobre você.

A admiração dele por ela crescia a cada momento. Como ela era adorável! Como eram adoráveis os pequenos modos e gestos que ela tinha, modos e gestos tão naturais e não calculados quanto efetivos. E como estranhamente sua mudez pouco parecia importar, no fim das contas! Ela escrevia com tanta rapidez e facilidade, que seus olhos e seu sorriso davam tal expressão ao seu rosto e a voz era quase esquecida.

Eles permaneceram no pomar até que as longas e lânguidas sombras das árvores rastejaram a seus pés. Era pouco depois do pôr do sol e as colinas distantes estavam púrpuras contra o tom de açafrão que se desvanecia do céu no Oeste e o azul cristalino do céu no Sul. A Leste, logo acima do bosque de pinheiros, havia nuvens brancas e altas como montanhas nevadas, e a parte mais Oeste deles reluzia com um brilho rosado como o pôr do sol na altura dos Alpes.

As camadas mais altas da atmosfera ainda estavam cheias de luz: perfeita e inoxidável, sem imperfeições de sombras da Terra; mas abaixo, no pomar e sob os abetos, a luz quase se apagara, dando lugar a um crepúsculo verde e úmido, apaixonadamente doce com o sopro das flores de maçã e hortelã, e os odores balsâmicos que caíam dos pinheiros sobre eles.

Eric contou a ela sobre sua vida e a vida no grande mundo exterior, no qual ela estava jovial e entusiasmadamente interessada. Ela fez muitas perguntas; perguntas diretas e incisivas, que mostravam que ela já havia formado opiniões e pontos de vista claros. No entanto, era evidente que ela não considerava aquilo algo que pudesse compartilhar. O interesse dela era imparcial, como se ela tivesse ouvido um conto sobre a terra das fadas ou sobre algum grande império que há muito desapareceu da Terra.

Eric descobriu que ela havia lido muita poesia e história, além de alguns livros de biografia e viagens. Ela não sabia o que significava um romance e nunca tinha ouvido falar de um. Curiosamente, ela estava bem informada sobre política e eventos atuais, por meio do jornal semanal que seu tio assinava.

– Nunca li o jornal enquanto minha mãe estava viva – escreveu ela –, nem qualquer poesia. Ela me ensinou a ler e escrever, e eu li a Bíblia inteira muitas vezes e algumas das histórias. Depois que minha mãe morreu, tia Janet me deu todos os seus livros. Ela tinha muitos. A maioria deles foi dada a ela como prêmios quando ela era menina na escola, e alguns deles foram dados a ela por meu pai. Você conhece a história de meu pai e minha mãe?

Eric assentiu.

– Sim, a senhora Williamson me contou tudo. Ela era uma amiga da sua mãe.

– Estou feliz que você tenha ouvido. É tão triste que eu não gostaria de contar, mas você entenderá tudo melhor porque já sabe. Eu nunca a ouvi até pouco antes da minha mãe morrer. Então ela me contou tudo. Eu acho que ela pensava que meu pai era o culpado pelo problema; mas antes de morrer, ela me disse que acreditava que havia sido injusta com ele e que ele não sabia. Ela disse que quando as pessoas estavam morrendo, viam as coisas com mais clareza, e ela viu que havia cometido um erro quanto a meu pai. Ela disse que tinha muito mais coisas que queria me contar, mas não teve tempo de contá-las porque ela morreu naquela noite. Demorou muito tempo até eu ter coragem de ler seus livros. Mas quando eu li, achei-os tão bonitos. Eles eram poesia, e era como música colocada em palavras.

– Vou trazer alguns livros para você ler, se você quiser – disse Eric.

Seus grandes olhos azuis brilharam com interesse e deleite.

– Oh, obrigada, eu gostaria muito. Eu li os meus tantas vezes que os conheço quase todos de cor. Não se pode cansar de coisas realmente bonitas, mas às vezes sinto que gostaria de alguns livros novos.

– Você nunca se sente solitária, Kilmeny?

– Oh, não, como eu poderia me sentir? Sempre há muito para eu fazer, ajudando tia Janet a cuidar da casa. Eu posso fazer muitas coisas. – Ela olhou de relance para ele com muito orgulho enquanto seu lápis traçava as palavras. – Eu sei cozinhar e costurar. Tia Janet diz que sou uma boa dona de casa, e ela não elogia as pessoas com muita frequência. E quando não a estou ajudando, tenho meu querido, querido violino. Essa é toda a companhia que eu quero. Mas eu gosto de ler e ouvir sobre o grande mundo tão distante, e as pessoas que moram lá, e as coisas que são feitas. Deve ser um lugar maravilhoso.

– Você não gostaria de sair e ver suas maravilhas e conhecer essas pessoas você mesma? – ele perguntou, sorrindo para ela.

Imediatamente ele viu que, de alguma maneira que não podia entender, a magoara. Ela agarrou seu lápis e escreveu, com um movimento tão rápido e uma expressão tão enérgica que quase parecia que ela havia acaloradamente exclamado as palavras em voz alta.

– Não, não, não. Eu não quero ir a lugar nenhum longe de casa. Não quero nunca ver estranhos ou que eles me vejam. Eu não suportaria isso.

Ele achou que possivelmente a consciência de seu distúrbio explicava isso. No entanto, ela não parecia sensível à sua mudez e fez frequentes referências casuais a ela em seus comentários escritos. Ou talvez fosse a obscuridade sobre o nascimento dela. No entanto, ela era tão inocente que parecia improvável que pudesse perceber ou entender a existência de tal obscuridade. Eric finalmente decidiu que era apenas a inibição um tanto mórbida de uma criança sensível que fora criada de uma maneira nada saudável e antinatural. Por fim, as sombras que se alongavam o avisaram que era hora de partir.

– Não se esqueça de vir amanhã à noite e tocar para mim – disse ele, levantando-se com relutância. Ela respondeu com um leve e rápido sacudir de sua lustrosa e escura cabeça e com um sorriso eloquente. Ele a observou enquanto ela atravessava o pomar "Com a beleza da Lua e o passo suave da Lua"[8] e ao longo da trilha de cerejeira selvagem. No canto dos pinheiros, ela parou e acenou com a mão antes de contorná-lo.

Quando Eric chegou em casa, o velho Robert Williamson estava fazendo um lanche de pão e leite na cozinha. Ele olhou para cima, com um largo sorriso amigável, quando Eric entrou, assobiando.

---

8 *The Prelude* (1805), ou *Growth of a Poet's Mind*, an Autobiographical Poem, de William Wordsworth (1770-1850). Referência a Edmund Spenser (1552?-1599). (N.T.)

LUCY MAUD MONTGOMERY

– Dando um passeio, mestre? – ele perguntou.

– Sim – disse Eric.

Inconsciente e involuntariamente, ele infundiu tanta satisfação no simples monossílabo que até o velho Robert sentiu. A senhora Williamson, que estava cortando pão no canto da mesa, largou a faca e o pão e olhou para o jovem com uma expressão levemente perturbada em seus olhos. Ela se perguntou se ele teria voltado ao pomar dos Connors e se poderia ter visto Kilmeny Gordon novamente.

– Você não descobriu uma mina de ouro, suponho. – disse o velho Robert secamente. – Você parece como se a tivesse descoberto.

NO PORTÃO
DO ÉDEN

Quando Eric foi ao velho pomar dos Connors na noite seguinte, encontrou Kilmeny esperando por ele no banco debaixo do arbusto de lilás branco com o violino no colo. Assim que o viu, ela o pegou e começou a tocar uma pequena melodia leve e delicada que soava como o riso de margaridas.

Quando terminou, abaixou o arco e olhou para ele com bochechas coradas e olhos interrogativos.

– O que isso disse para você? – ela escreveu.

– Disse algo assim – respondeu Eric, entrando no humor dela, sorridente: – Bem-vindo, meu amigo. É uma noite muito bonita. O céu está tão azul, e as flores da maçã tão doces. O vento e eu estávamos aqui sozinhos, e o vento é um bom companheiro, mas estou feliz por ver você. É uma noite em que é bom estar viva e passear em um pomar bonito e puro. Bem-vindo, meu amigo.

Ela bateu palmas, parecendo uma criança contente.

– Você é muito rápido em entender – ela escreveu. – Foi exatamente o que eu quis dizer. É claro que não pensei nisso apenas com essas palavras, mas esse foi o *sentimento*. Senti que estava tão feliz por estar viva e pela maçã que floresce; os lilases brancos, as árvores e eu estávamos todos contentes por vê-lo chegar. Você é mais rápido que Neil. Ele quase sempre fica confuso para entender minha música, e eu fico confusa para entender a dele. Às vezes ela me assusta. É como se houvesse algo tentando me agarrar, algo de que eu não gosto e do qual quero fugir.

Por alguma razão, Eric não gostou das referências dela a Neil. A ideia daquele garoto bonito e de baixa classe vendo Kilmeny todos os dias, conversando com ela, sentando à mesma mesa com ela, morando sob o mesmo teto, encontrando-a nas centenas de intimidades da vida cotidiana, era desagradável para ele. Ele afastou o pensamento e se jogou na grama aos pés dela.

– Agora toque para mim, por favor – disse ele. – Eu quero deitar aqui e ouvi-la.

"E olhar para você." – Ele podia ter acrescentado. Ele não sabia dizer qual era o maior prazer. Sua beleza, mais maravilhosa do que qualquer beleza retratada que ele já vira, o deleitava. Cada tonalidade, curva e contorno de seu rosto era impecável. A música dela o cativou. Essa criança, disse a si mesmo enquanto ouvia, tem talento. Mas estava sendo totalmente desperdiçado. Ele se viu pensando ressentidamente nas pessoas que eram os guardiões dela e que eram responsáveis por sua vida estranha. Eles fizeram um grande e irremediável mal a ela. Como se atreveram a condená-la a tal existência? Se seu distúrbio de fala tivesse sido tratado a tempo, quem sabe poderia ter sido curado? Agora provavelmente era tarde demais. A natureza dera a ela um privilégio real de beleza e talento, mas a negligência egoísta e imperdoável deles o tornara sem importância.

KILMENY DO POMAR

Que música divina ela extraía do velho violino, feliz e triste, outras vezes alegre e pesarosa, música que as estrelas da manhã poderiam ter cantado juntas, música que as fadas poderiam ter dançado em seus festejos entre as colinas verdes ou nas areias amarelas, música que poderia ter lamentado sobre o túmulo de uma esperança morta. Então ela alternou para um acorde ainda mais doce. Enquanto ele ouvia, percebeu que toda a alma e natureza da garota se revelavam a ele por meio de sua música: a beleza e a pureza de seus pensamentos, seus sonhos de infância e seus devaneios de moça. Não havia pensamento oculto nela; ela não podia evitar a revelação que estava inconsciente de fazer.

Finalmente, ela deixou o violino de lado e escreveu:

– Eu fiz o meu melhor para lhe agradar. É a sua vez agora. Você se lembra de uma promessa que me fez ontem à noite? Você a manteve?

Ele deu-lhe os dois livros que levava para ela, um romance moderno e um volume de poesia que ela desconhecia. Ele havia hesitado um pouco sobre o primeiro, mas o livro era tão agradável e cheio de beleza que ele achou que não poderia ferir nem um pouco a flor de sua inocência. Ele não tinha dúvidas sobre a poesia. Foi a declaração de uma daquelas grandes almas inspiradas cuja passagem breve fez do reino de seu nascimento e trabalho uma verdadeira Terra Santa.

Ele leu alguns dos poemas para ela. Então conversaram sobre seus dias de faculdade e amigos. Os minutos passaram muito rapidamente. Naquele momento, não havia mundo para ele fora daquele velho pomar, com suas flores caindo, suas sombras e seus ventos cantantes.

Em um momento, quando ele lhe contou a história de alguns trotes de faculdade em que figuravam as intermináveis disputas de calouros e alunos do segundo ano, ela bateu palmas de acordo com seu hábito e riu alto, uma gargalhada clara, musical e agradável. Ela atingiu o ouvido de Eric com um choque de surpresa. Ele achou estranho que ela pudesse rir daquele jeito quando não podia falar. Onde estava o distúrbio que fechava para ela os portões da fala? Era possível que ele pudesse ser removido?

– Kilmeny – disse ele gravemente depois de um momento de reflexão, durante o qual ele olhou para cima enquanto ela se sentava com a luz avermelhada do sol caindo através dos galhos de lilases em sua cabeça nua e sedosa como uma chuva de joias vermelhas –, você se importa se eu lhe perguntar algo sobre a sua incapacidade de falar? Vai magoá-la falar sobre esse assunto comigo?

Ela balançou a cabeça negativamente.

– Ah, não – ela escreveu –, eu não me importo de maneira alguma. É claro que lamento não poder falar, mas estou bastante acostumada com a ideia, e isso nunca me magoa.

– Kilmeny, diga-me. Você sabe por que é incapaz de falar, quando todas as suas outras faculdades são tão perfeitas?

– Não, não sei por que não consigo falar. Eu perguntei à minha mãe uma vez e ela me disse que isso era uma sentença dela por causa de um grande pecado que ela cometera, e ela parecia tão estranha que fiquei com medo e nunca mais falei disso com ela ou com mais ninguém.

– Você já foi a um médico para examinar sua língua e órgãos da fala?

– Não. Lembro-me de que, quando era uma menininha, o tio Thomas queria me levar a um médico em Charlottetown e ver se alguma coisa poderia ser feita por mim, mas mamãe não o deixou. Ela disse que não adiantaria. E acredito que o tio Thomas também achava que não adiantaria.

– Você pode rir muito naturalmente. Você consegue fazer algum outro som?

– Sim, às vezes. Quando estou contente ou assustada, eu dou pequenos gritos. Mas é apenas quando não estou pensando nisso que consigo fazer. Se eu *tentar* emitir um som, não consigo.

Isso pareceu a Eric mais misterioso do que nunca.

– Você já tentou falar, pronunciar palavras? – ele insistiu.

KILMENY DO POMAR

– Oh, sim, com muita frequência. O tempo todo estou falando as palavras na minha cabeça, assim como ouço outras pessoas dizendo-as, mas nunca consigo fazer minha língua dizê-las. Não fique tão triste, meu amigo. Estou muito feliz e não me importo muito em não ser capaz de falar, apenas às vezes, quando tenho muitos pensamentos e parece tão lento escrevê-los, que alguns deles se afastam de mim. Eu vou tocar para você novamente. Você parece muito sério.

Ela riu de novo, pegou seu violino e tocou uma pequena melodia estridente e brincalhona, como se estivesse tentando provocá-lo, olhando para Eric por cima do violino com olhos luminosos que o desafiavam a se alegrar.

Eric sorriu, mas o olhar intrigado voltou ao seu rosto muitas vezes naquela noite. Ele voltou para casa em uma reflexão sombria. O caso de Kilmeny certamente parecia estranho, e quanto mais pensava sobre ele, mais estranho parecia.

"Ocorre-me como algo muito peculiar que ela só possa emitir sons quando não está pensando nisso", ele refletiu. "Gostaria que David Baker pudesse examiná-la. Mas suponho que isso esteja fora de questão. Aquele par sinistro que se encarrega dela nunca consentiria."

A SIMPLICIDADE DIRETA DE EVA

Nas três semanas seguintes, Eric Marshall parecia a si mesmo estar vivendo duas vidas, tão distintas uma da outra como se ele tivesse dupla personalidade. Em uma, ele lecionava na escola do distrito de Lindsay diligentemente e com esmero; resolvia problemas; argumentava em teologia com Robert Williamson; era chamado para a casa de seus alunos e tomava chá com os pais deles; foi a um ou dois bailes rústicos e destruiu, involuntariamente, o coração das moças de Lindsay.

Mas essa vida era um sonho do dia a dia. Ele *vivia* apenas na outra, que era passada em um velho pomar, gramado e coberto de vegetação, onde os minutos pareciam atrasar-se por absoluto amor ao local, e os ventos de junho produziam um som de harpa selvagem nos velhos abetos.

Todas as noites ele encontrava Kilmeny; naquele velho pomar, eles passavam horas de tranquila felicidade; juntos, perambulavam pelos belos campos do velho romantismo; juntos, liam muitos livros e falavam de

KILMENY DO POMAR

muitas coisas; e, quando estavam cansados de tudo, Kilmeny tocava para ele, e o velho pomar ecoava com suas adoráveis e fantásticas melodias.

A cada encontro, a beleza dela ia para casa com ele novamente com a velha emoção de alegre perplexidade. Nos intervalos, parecia-lhe que ela não podia ser tão bonita quanto ele se lembrava; e então, quando eles se encontravam, ela parecia ainda mais bonita. Ele aprendeu a observar o brilho indisfarçável de boas-vindas que sempre saltava nos olhos dela ao som de seus passos. Ela estava quase sempre lá diante dele e sempre mostrava que estava feliz em vê-lo, com o franco deleite de uma criança observando um amigo querido.

Ela nunca estava com o mesmo estado de espírito duas vezes. Ora estava séria, ora alegre, ora imponente, ora pensativa. Mas estava sempre encantadora. Tortuosa e deturpada a antiga linhagem dos Gordon podia ser, mas tinha pelo menos esse ramo de perfeita graça e simetria. A mente e o coração dela, totalmente preservados do mundo, eram tão bonitos quanto seu rosto. Toda a feiura da existência passara por ela encolhida em sua dupla solidão de criação e mudez.

Ela era naturalmente esperta e inteligente. Ocasionalmente pequenos lampejos encantadores de presença de espírito e humor reluziam. Ela podia ser inusitada, até mesmo charmosamente caprichosa. Às vezes, malícias inocentes tremeluziam nas profundezas insondáveis de seus olhos azuis. Até o sarcasmo não era desconhecido para ela. De vez em quando, ela alfinetava uma bolha inofensiva da presunção ou superioridade masculina do jovem com uma pequena linha mordaz de uma caligrafia delicadamente escrita.

Ela assimilava as ideias dos livros que leram rápida, ávida e minuciosamente, sempre aproveitando o melhor e o mais verdadeiro e rejeitando o falso, o espúrio e o fraco com uma intuição infalível com a qual Eric se maravilhava. Dela era a lança de Ithuriel[9], experimentando a escória de tudo e deixando apenas o ouro puro.

---

9   *Paradise Lost* (1667), do poeta inglês John Milton (1608-1674). O termo apareceu pela primeira vez em textos cabalísticos e místicos no fim da Idade Média. Tudo que é tocado pela lança desse arcanjo assume a verdadeira forma. (N.T.)

Lucy Maud Montgomery

Em comportamento e atitude, ela ainda era uma criança. No entanto, de vez em quando ela era tão velha quanto Eva. Uma expressão saltava em seu rosto risonho, um significado sutil se revelava em seu sorriso, que continha toda a tradição da feminilidade e toda a sabedoria das eras.

O jeito dela de sorrir o encantava. O sorriso sempre começava nos olhos e fluía para o rosto como um riacho cintilante se furtando da sombra para a luz do sol.

Ele sabia tudo sobre a vida dela. Ela contou-lhe sua história simples de boa vontade. Com frequência mencionava seu tio e sua tia e parecia estimá-los com profunda afeição. Raramente falava de sua mãe. Eric chegou a entender de alguma maneira, menos pelo que ela disse do que pelo que não disse, que Kilmeny, embora tivesse amado sua mãe, sempre teve muito medo dela. Não havia entre elas a natural e bela confiança entre mãe e filha.

Sobre Neil, ela escreveu com frequência no começo e parecia gostar muito dele. Mais tarde, ela deixou de mencioná-lo. Talvez, pois era maravilhosamente rápida para captar e interpretar todas as fugazes mudanças de expressão na voz e no rosto dele, ela percebeu o que o próprio Eric não sabia: que seus olhos se nublavam e ficavam mal-humorados com a menção do nome de Neil.

Certa vez, ela perguntou-lhe ingenuamente:

– Existem muitas pessoas como você no mundo?

– Milhares – disse Eric, rindo.

Ela olhou seriamente para ele. Então sacudiu rapidamente a cabeça, decidida em sua opinião.

– Acho que não – ela escreveu. – Não conheço muito do mundo, mas não acho que haja muitas pessoas como você.

Uma noite, quando as distantes colinas e campos estavam emaranhados em púrpuras imprecisos e as planícies estavam repletas de névoas douradas, Eric levou ao velho pomar um pequeno volume desgastado

KILMENY DO POMAR

que continha uma história de amor. Foi a primeira coisa do tipo que ele leu para ela, pois no primeiro romance que ele havia lhe emprestado o interesse amoroso era muito leve e subordinado. Esse era um belo e apaixonado idílio primorosamente contado.

Ele leu para ela, deitado na grama a seus pés; ela ouvia com as mãos cruzadas sobre o joelho e os olhos baixos. Não era uma longa história; e quando ele terminou, fechou o livro e olhou para ela interrogativamente.

– Você gosta, Kilmeny? – ele perguntou.

Muito lentamente, ela pegou sua lousa e escreveu:

– Sim, eu gosto. Mas isso me machucou também. Eu não sabia que uma pessoa podia gostar de qualquer coisa que a machucasse. Não sei por que ele me machucou. Eu senti como se tivesse perdido algo que nunca perdi. Foi um sentimento muito bobo, não foi? Mas eu não compreendi muito bem o livro, entende. É sobre amor, e eu não sei nada sobre amor. Mamãe me disse uma vez que o amor é uma maldição e que devo rezar para que nunca entre na minha vida. Ela disse isso muito intensamente, e então eu acreditei nela. Mas seu livro ensina que ele é uma bênção. Diz que é a coisa mais esplêndida e maravilhosa da vida. Em que devo acreditar?

– O amor, o verdadeiro amor, nunca é uma maldição, Kilmeny – disse Eric seriamente. – Há um falso amor que é uma maldição. Talvez sua mãe acreditasse que foi esse que entrou na vida dela e a arruinou; e então ela se enganou. Não há nada no mundo, ou no céu, como eu acredito, tão verdadeiramente bonito, maravilhoso e abençoado como o amor.

– Você já amou? – perguntou Kilmeny, com a franqueza direta necessária a seu modo de comunicação que às vezes era um pouco terrível. Ela fez a pergunta de forma simples e sem embaraço. Não sabia por que motivo o amor não poderia ser discutido com Eric, como outros assuntos, música, livros e viagens, poderiam ser.

– Não – disse Eric, honestamente, como ele acreditava –, mas todo mundo tem um ideal de amor que espera encontrar um dia, "a mulher

73

LUCY MAUD MONTGOMERY

ideal do sonho de um jovem". Suponho que tenho o meu, em alguma câmara secreta e selada do meu coração.

– Suponho que sua mulher ideal seria linda, como a mulher do seu livro.

– Ah, sim, tenho certeza de que nunca poderia me importar com uma mulher feia – disse Eric, rindo um pouco enquanto se sentava. – Nossos ideais são sempre bonitos, quer eles se traduzam em realidade ou não. Mas o sol está se pondo. O tempo certamente voa neste pomar encantado. Acredito que você enfeitiça os momentos, Kilmeny. Seu homônimo do poema era uma moça um tanto estranha, se bem me lembro, e pensou tão pouco em sete anos no reino dos elfos quanto as pessoas comuns pensam em meia hora na Terra. Algum dia devo acordar de uma suposta hora vagarosa aqui e me descobrir um velho de cabelos brancos e casaco esfarrapado, como naquele conto de fadas que lemos na outra noite. Você me deixa lhe dar este livro? Eu nunca deveria cometer o sacrilégio de lê-lo em outro lugar que não este. É um livro antigo, Kilmeny. Um novo livro, saboreando a loja e o mercado, por mais bonito que seja, não serviria para você. Este foi um dos livros de minha mãe. Ela o leu e adorou. Veja, as pétalas de rosa desbotadas que ela colocou nele um dia ainda estão lá. Vou escrever seu nome nele, esse seu pitoresco nome bonito que sempre soa como se tivesse sido especialmente inventado para você, "Kilmeny do Pomar", e a data deste dia perfeito de junho em que o lemos juntos. Então, quando você olhar para ele, sempre se lembrará de mim, e dos botões brancos se abrindo na roseira ao seu lado, e da pressa e do murmúrio do vento no topo dos velhos abetos.

Ele estendeu o livro para ela, mas, para sua surpresa, ela balançou a cabeça, com um rubor mais profundo em seu rosto.

– Você não aceita o livro, Kilmeny? Por que não?

Ela pegou seu lápis e escreveu devagar, diferente de seu habitual movimento rápido.

KILMENY DO POMAR

– Não se ofenda comigo. Não precisarei de nada para me fazer lembrar de você, porque nunca consigo te esquecer. Mas prefiro não aceitar o livro. Não quero ler novamente. É sobre amor, e não é útil em meu aprendizado sobre o amor, mesmo que seja tudo o que você diz. Ninguém nunca vai me amar. Eu sou muito feia.

– Você! Feia! – exclamou Eric. Ele estava prestes a cair na gargalhada com a ideia quando um vislumbre do rosto dela meio desviado o deixou sério. Havia nele um olhar magoado e amargo, como ele se lembrava de ter visto uma vez antes, quando lhe perguntou se ela não gostaria de ver o mundo por si mesma.

– Kilmeny – disse ele, atônito –, você não se acha realmente feia, não é?

Ela assentiu, sem olhar para ele, e depois escreveu:

– Oh, sim, eu sei que sou. Eu sei disso há muito tempo. Mamãe me disse que eu era muito feia e que ninguém gostaria de olhar para mim. Sinto muito. Dói-me muito mais saber que sou feia do que saber que não posso falar. Suponho que você ache isso muito tolo da minha parte, mas é verdade. Foi por isso que não voltei ao pomar por tanto tempo, mesmo depois de superar meu susto. Eu odiava pensar que *você* me acharia feia. E é por isso que não quero sair para o mundo e conhecer pessoas. Elas me olhariam como o vendedor de ovos olhou um dia quando eu fui com tia Janet até a carroça dele, na primavera depois que a mamãe morreu. Ele então olhou fixamente para mim. Eu sabia que era porque ele me achava muito feia, e sempre me escondi quando ele veio depois disso.

Os lábios de Eric se contraíram. Apesar de sua pena pelo sofrimento real exibido nos olhos dela, ele não pôde deixar de achar graça na ideia absurda daquela garota bonita acreditando ser feia com toda seriedade.

– Mas, Kilmeny, você se acha feia quando se olha no espelho? – ele perguntou sorrindo.

– Eu nunca me olhei em um espelho – ela escreveu. – Eu nunca soube que ele existia, até depois que minha mãe morreu e li sobre ele em um livro. Então perguntei a tia Janet e ela disse que minha mãe havia quebrado todos os espelhos da casa quando eu era bebê. Mas vi meu rosto refletido nas colheres e em uma pequena tigela de açúcar prateada que tia Janet tem. E ele é feio, muito feio.

O rosto de Eric caiu na grama. Por sua vida, ele não poderia deixar de rir; e por sua vida ele não deixaria Kilmeny vê-lo rindo. Um certo desejo inusitado tomou conta dele, e ele não se apressou em lhe contar a verdade, como tinha sido seu primeiro impulso. Em vez disso, quando ele se atreveu a olhar para cima, disse lentamente:

– Não te acho feia, Kilmeny.

– Ah, mas eu tenho certeza de que você deveria – ela escreveu protestando. – Até Neil acha. Ele me diz que sou gentil e agradável, mas um dia perguntei se ele me achava muito feia e ele desviou o olhar e não quis falar, então eu soube o que ele pensava sobre isso também. Não vamos falar sobre isso novamente. Isso me faz lamentar muito e estraga tudo. Eu esqueço isso em outros momentos. Deixe-me tocar uma música de despedida e não fique irritado por eu não aceitar seu livro. Só me deixaria infeliz ao lê-lo.

– Não estou irritado – disse Eric –, e acho que você ainda vai aceitá-lo algum dia, depois de eu lhe mostrar uma coisa que quero que você veja. Nunca se importe com sua aparência, Kilmeny. Beleza não é tudo.

– Ah, é muita coisa – ela escreveu ingenuamente. – Mas você gosta de mim, mesmo eu sendo tão feia, não é? Você gosta de mim por causa dà minha bela música, não é?

– Gosto muito de você, Kilmeny – respondeu Eric, rindo um pouco; mas havia em sua voz uma nota terna da qual ele não estava consciente. Kilmeny estava ciente disso, no entanto, e ela pegou o violino com um sorriso satisfeito.

Ele a deixou tocando lá, e durante todo o caminho através da tênue camada resinosa do bosque de abeto, a música dela o seguiu como um espírito guardião invisível.

KILMENY DO POMAR

– Kilmeny, a Bela! – ele murmurou –, e, porém, céus, a criança se acha feia; ela, com o rosto mais belo que um artista jamais sonhou! Uma garota de dezoito anos que nunca se olhou em um espelho! Eu me pergunto se existe outra assim em qualquer país civilizado do mundo. O que poderia ter pensado sua mãe para lhe dizer tal mentira? Eu me pergunto se Margaret Gordon podia ter sido mais sensata. É estranho que Neil nunca lhe tenha contado a verdade. Talvez ele não queira que ela descubra.

Eric conheceu Neil Gordon poucas noites antes disso, em um baile rural onde Neil tocava violino para os dançarinos. Influenciado pela curiosidade, ele sondou o rapaz. Neil foi amigável e falante a princípio; mas, à primeira alusão a respeito dos Gordon, que Eric abordou habilmente, seu rosto e seus modos mudaram. Ele parecia reservado e desconfiado, quase sinistro. Um olhar soturno surgiu em seus grandes olhos negros e ele passou o arco pelas cordas do violino com um guincho dissonante, como se quisesse terminar a conversa. Claramente, nada foi descoberto sobre Kilmeny e seus severos guardiões.

UMA PERTURBAÇÃO DAS ÁGUAS

Uma noite, no final de junho, a senhora Williamson estava sentada junto à janela da cozinha. Seu tricô jazia ignorado em seu colo, e Timothy, embora se aconchegasse insinuantemente aos pés dela, deitado no tapete e ronronando o mais alto possível, foi desconsiderado. Ela descansava o rosto em suas mãos e olhava pela janela, do outro lado do porto distante, com olhos perturbados.

"Acho que devo falar", ela pensou melancolicamente. "Eu odeio fazer isso. Eu sempre odiei me intrometer. Minha mãe sempre costumava dizer que noventa e nove vezes de cem, a última afirmação de um intrometido e com quem se intrometeu era pior do que a primeira. Mas acho que é meu dever. Eu era amiga de Margaret e é meu dever proteger a filha dela de qualquer forma que eu puder. Se o mestre voltar lá para encontrá-la, devo dizer a ele o que penso sobre isso."

KILMENY DO POMAR

No andar de cima, em seu quarto, Eric estava andando em voltas, assobiando. Logo ele desceu as escadas, pensando no pomar e na garota que estaria lá esperando por ele.

Ao atravessar a pequena entrada da frente, ele ouviu a voz da senhora Williamson chamando por ele.

– Senhor Marshall, por favor, venha aqui um momento.

Ele foi para a cozinha. A senhora Williamson olhou para ele de maneira depreciativa. Havia um rubor em sua bochecha desbotada e sua voz tremia.

– Senhor Marshall, quero lhe fazer uma pergunta. Talvez você ache que não é da minha conta. Mas não é porque eu quero me intrometer. Não, não. É apenas porque acho que devo falar. Tenho pensado sobre isso há muito tempo e me parece que devo falar. Espero que você não fique com raiva, mas, mesmo que fique, devo dizer o que tenho a dizer. Você vai voltar ao antigo pomar dos Connors para encontrar Kilmeny Gordon?

Por um momento, um rubor de raiva ardeu no rosto de Eric. Foi mais o tom da senhora Williamson do que suas palavras que o alarmou e aborreceu.

– Sim, senhora Williamson – ele disse friamente. – E daí?

– Então, senhor – disse a senhora Williamson com mais firmeza –, preciso lhe dizer que não acho que você esteja fazendo o certo. Suspeitei o tempo todo que era para onde você ia todas as noites, mas não falei uma palavra a ninguém sobre isso. Nem mesmo ao meu marido. Mas me diga, mestre. O tio e a tia de Kilmeny sabem que você a está encontrando lá?

– Ora – disse Eric, um tanto confuso. – Eu... eu... não sei se eles sabem ou não. Mas, senhora Williamson, certamente você não suspeita que eu tenha a intenção de causar algum dano ou mal a Kilmeny Gordon.

– Não, não suspeito, mestre. Eu posso pensar isso de alguns homens, mas nunca de você. Nem por um minuto acho que você faria a ela ou a qualquer mulher algum mal deliberado. É possível que você lhe cause um grande dano por tudo isso. Quero que pare e pense sobre isso. Acho que não tem pensado. Kilmeny talvez não conheça nada sobre o mundo ou sobre os homens, e pode passar a esperar muito de você. Isso acabaria partindo o coração dela, porque você nunca se casaria com uma garota muda como ela. Então, acho que não deveria encontrá--la assim com tanta frequência. Não está certo, mestre. Não vá ao pomar novamente.

Sem uma palavra, Eric se virou e subiu para seu quarto. A senhora Williamson pegou seu tricô com um suspiro.

– Está feito, Timothy, e estou realmente agradecida – disse ela. – Acho que não haverá necessidade de dizer mais nada. O senhor Marshall é um bom jovem, apenas um pouco inconsequente. Agora que abriu os olhos, tenho certeza de que fará o que é certo. Não quero que a filha de Margaret fique infeliz.

Seu marido se aproximou da porta da cozinha e sentou-se nos degraus para desfrutar de seu fumo noturno, falando à sua esposa, entre baforadas, sobre a igreja do presbítero Tracy, o namorado de Mary Alice Martin, sobre o preço que Jake Crosby estava cobrando pelos ovos, a quantidade de feno que rendeu do prado da colina, o problema que ele estava tendo com o bezerro de Molly e os respectivos méritos dos galos de Plymouth Rock e Brahma. A senhora Williamson respondia aleatoriamente e não ouviu uma palavra em dez.

– O que tem o mestre, mãe? – inquiriu o velho Robert. – Eu o ouço andando a passos largos de um lado para o outro no quarto como se estivesse enjaulado. Tem certeza de que você não o trancou por engano?

– Talvez esteja preocupado com a maneira como Seth Tracy está agindo na escola – sugeriu a senhora Williamson, que optou por não deixar que seu marido fofoqueiro suspeitasse da verdade sobre Eric e Kilmeny Gordon.

KILMENY DO POMAR

– Ora bolas, ele não precisa se preocupar nem um bocado com isso. Seth vai se acalmar assim que descobrir que não pode dominar o mestre. Ele é um raro bom professor, até melhor do que o senhor West, e isso está fazendo efeito. Os administradores esperam que ele fique por mais um trimestre. Vão perguntar a ele na reunião da escola amanhã e oferecer-lhe um aumento.

No andar de cima, em seu quartinho sob os beirais, Eric Marshall estava nas garras da emoção mais intensa e arrebatadora que ele já havia experimentado na vida.

De cima a baixo, de um lado para o outro, ele andava com lábios fixos e mãos cerradas. Quando se cansou, jogou-se em uma cadeira perto da janela e lutou contra o fluxo de sentimentos.

As palavras da senhora Williamson rasgaram o véu ilusório com o qual ele limitara seus olhos. Ele ficou cara a cara com a consciência de que amava Kilmeny Gordon com o amor que acontece apenas uma vez e é para sempre.

Ele se perguntou como pôde ter ficado tanto tempo cego para isso. Ele sabia que devia tê-la amado desde o primeiro encontro, naquela noite de maio no velho pomar.

E ele sabia que deveria escolher entre duas alternativas: nunca mais ir ao pomar ou ir como um namorado declarado para cortejar uma esposa.

A prudência mundana, sua herança de uma longa linhagem de ancestrais frugais e de cabeça fria, era forte em Eric, e ele não cedeu fácil ou rapidamente aos ditames de sua paixão. Durante toda a noite, lutou contra as novas emoções que ameaçavam varrer o "bom senso" que David Baker havia pedido que ele levasse consigo quando estivesse cortejando. Um casamento com Kilmeny Gordon não seria algo imprudente em qualquer ponto de vista?

Então, algo mais forte, maior e mais vital do que sabedoria ou a falta dela surgiu nele e o dominou. Kilmeny, a bonita e muda Kilmeny era, como ele certa vez pensara involuntariamente, "a única donzela" para

81

ele. Nada deveria separá-los. A mera ideia de nunca mais vê-la era tão insuportável que ele riu de si mesmo por tê-la considerado uma alternativa possível.

– Se eu puder conquistar o amor de Kilmeny, pedirei que seja minha esposa – disse ele, olhando pela janela para a colina escura do sudoeste, além da qual se localizava seu pomar.

O céu aveludado ainda estava estrelado, mas a água do porto estava começando a ficar prateada no reflexo do amanhecer que surgia no Leste.

– A desgraça dela só a tornará mais querida para mim. Não consigo imaginar que há um mês eu não a conhecia. Parece-me que ela faz parte da minha vida desde sempre. Eu me pergunto se ela ficou triste por eu não ter ido ao pomar na última noite, se ela esperou por mim. Se ela esperou, ela mesma ainda não sabe disso. Será minha doce tarefa ensinar-lhe o que significa o amor, e nenhum homem jamais teve uma aluna mais amável, mais pura.

Na reunião anual da escola, na tarde seguinte, os administradores pediram a Eric que assumisse a escola de Lindsay no ano seguinte. Ele consentiu sem hesitar.

Naquela noite, ele se dirigiu até a senhora Williamson, enquanto ela lavava a louça do chá na cozinha.

– Senhora Williamson, vou voltar ao velho pomar dos Connors para ver Kilmeny novamente esta noite.

Ela olhou para ele com reprovação.

– Bem, mestre, não tenho mais o que dizer. Suponho que não adiantaria nada se eu tivesse. Mas você sabe o que eu penso disso.

– Pretendo me casar com Kilmeny Gordon se eu conseguir conquistá-la.

Uma expressão de espanto surgiu no rosto da boa mulher. Ela olhou minuciosamente a boca firme e os olhos cinzentos e seguros por um momento. Então ela disse com uma voz perturbada:

– Você acha isso sábio, mestre? Suponho que Kilmeny seja bonita; o vendedor de ovos me disse que era; e sem dúvida ela é uma garota boa e agradável. Mas ela não seria uma esposa adequada para você, uma garota que não pode falar.

– Isso não faz nenhuma diferença para mim.

– Mas o que seu pessoal vai dizer?

– Eu não tenho "pessoal", exceto meu pai. Quando vir Kilmeny, ele vai entender. Ela é todo o mundo para mim, senhora Williamson.

– Desde que você acredite que não há mais nada a ser dito – foi a resposta silenciosa –, no entanto, eu ficaria um pouco receosa se fosse você. Mas os jovens nunca pensam nessas coisas.

– Meu único receio é que ela não se importe comigo – disse Eric de modo sóbrio.

A senhora Williamson examinou astutamente o jovem bonito e de ombros largos.

– Eu não acho que haja muitas mulheres que diriam "não", mestre. Desejo-lhe felicidades em seu cortejo, embora não possa deixar de pensar que você está fazendo uma coisa idiota. Espero que você não tenha nenhum problema com Thomas e Janet. Eles são tão diferentes das outras pessoas que não há como saber. Mas siga meu conselho, mestre, e vá vê-los imediatamente. Não continue encontrando Kilmeny sem o conhecimento deles.

– Certamente seguirei seu conselho – disse Eric, de maneira grave. – Eu deveria ter ido falar com eles antes. Foi apenas imprudência da minha parte. Eles possivelmente já sabem. Kilmeny deve ter contado a eles.

A senhora Williamson sacudiu a cabeça decididamente.

– Não, não, mestre, ela não contou. Eles nunca a teriam deixado ir encontrá-lo se soubessem. Eu os conheço muito bem para pensar nisso por um momento. Vá direto até eles e diga-lhes exatamente o que você me disse. Este é o seu melhor plano, mestre. E tome cuidado com Neil.

As pessoas dizem que ele tem um sentimento por Kilmeny. Ele fará uma má jogada se puder, não tenho dúvida. Não se pode confiar nesses estrangeiros, e ele é tão estrangeiro quanto seus pais e antepassados, embora *tenha* sido criado com aveia e com o breve catecismo, como diz o velho ditado. Eu sinto isso de alguma forma, sempre sinto isso quando olho para ele cantando no coral.

– Oh, eu não tenho medo de Neil – disse Eric despreocupadamente. – Ele não poderia deixar de amar Kilmeny, ninguém poderia.

– Suponho que todo rapaz pense isso sobre sua garota, se ele é o tipo certo de rapaz – disse a senhora Williamson com um pequeno suspiro.

Ela observou Eric se afastar ansiosamente.

– Espero que tudo dê certo – ela pensou. – Espero que ele não esteja cometendo um erro terrível... mas... tenho medo. Kilmeny deve ser muito bonita para tê-lo enfeitiçado assim. Bem, suponho que não adianta me preocupar com isso. Mas gostaria que ele nunca tivesse voltado àquele velho pomar e a tivesse visto.

UM APAIXONADO E SUA NAMORADA

Kilmeny estava no pomar quando Eric o alcançou, e ele se demorou por um momento na sombra do bosque de abeto para sonhar com a beleza dela.

Ultimamente, o pomar havia transbordado em ondas de cominho, e ela estava de pé no meio de seu mar de flores, com as flores balançando ao vento como renda ao redor dela. Ela usava o vestido simples de estampa azul pálido em que ele a viu pela primeira vez; roupas de seda não poderiam ter tornado melhor sua beleza. Ela mesma havia tecido uma grinalda de botões de rosa brancos meio abertos e a colocado em seus cabelos escuros, onde as delicadas flores pareciam menos maravilhosas do que seu rosto.

Quando Eric atravessou a fenda, ela correu para encontrá-lo, com as mãos estendidas, sorrindo. Ele pegou as mãos dela e olhou em seus olhos com uma expressão diante da qual ela pela primeira vez vacilou.

Ela olhou para baixo e um rubor quente distendeu as curvas de marfim de sua bochecha e do pescoço. Seu coração saltou, pois naquele rubor ele reconheceu a flâmula do amor.

– Você está feliz em me ver, Kilmeny? – ele perguntou, em um tom baixo significativo. Ela assentiu e escreveu de uma maneira um pouco embaraçosa:

– Sim. Por que pergunta? Você sabe que eu sempre fico feliz em vê-lo. Eu tive medo de que você não viesse. Você não veio na última noite e eu lamentei muito. Nada no pomar parecia agradável. Eu não consegui nem tocar. Eu tentei, e meu violino só chorou. Esperei até escurecer e depois fui para casa.

– Lamento que tenha ficado desapontada, Kilmeny. Eu não pude vir na noite passada. Algum dia vou lhe dizer a razão. Fiquei em casa para aprender uma nova lição. Lamento que você tenha sentido minha falta... não, estou feliz. Você consegue entender como uma pessoa pode se alegrar e lamentar pela mesma coisa?

Ela assentiu novamente, retornando à sua habitual doce serenidade.

– Sim, eu não poderia ter entendido outrora, mas agora posso. Você aprendeu sua nova lição?

– Sim, completamente. Foi uma lição encantadora quando a compreendi. Eu tentarei ensiná-la a você algum dia. Venha para o velho banco, Kilmeny. Há algo que quero lhe dizer. Mas, primeiro, você vai me dar uma rosa?

Ela correu para a roseira e, após cuidadosa deliberação, selecionou um botão semiaberto perfeito e o levou para ele; um botão branco com um leve rubor de alvorada em seu coração dourado.

– Obrigado. É tão bonito quanto... quanto uma mulher que eu conheço – disse Eric.

Um olhar melancólico apareceu em seu rosto com as palavras dele, e ela caminhou com a cabeça abaixada pelo pomar até o banco.

Kilmeny do pomar

– Kilmeny – ele disse, sério –, vou pedir para você fazer algo por mim. Quero que você me leve para casa com você e me apresente ao seu tio e à sua tia.

Ela levantou a cabeça e o fitou, incrédula, como se ele tivesse pedido a ela algo extremamente impossível. Entendendo pelo seu rosto sério que ele realmente quis dizer o que disse, um olhar de consternação surgiu nos olhos dela. Ela balançou a cabeça quase violentamente e parecia estar fazendo um esforço intenso e instintivo para falar. Então ela pegou seu lápis e escreveu com pressa febril:

– Eu não posso fazer isso. Não me peça para fazer. Você não compreende. Eles ficariam muito bravos. Eles não querem ver ninguém indo à casa. E eles nunca me deixariam vir aqui novamente. Oh, você não pode estar falando sério.

Ele teve pena dela pela dor e perplexidade em seus olhos, mas segurou suas mãos esbeltas e disse com firmeza:

– Sim, Kilmeny, estou falando sério. Não é muito certo que nos encontremos aqui, como temos feito, sem o conhecimento e consentimento de seus parentes. Você pode não entender isso agora, mas, acredite em mim, é melhor assim.

Ela olhou interrogativamente, compassivamente dentro dos olhos dele. O que ela leu ali parecia convencê-la, pois ficou muito pálida, e uma expressão de desesperança surgiu em seu rosto. Soltando as mãos, ela escreveu lentamente:

– Se você diz que é errado, devo acreditar. Eu não sabia que algo tão agradável poderia ser errado. Mas se é errado, não devemos mais nos encontrar aqui. Minha mãe me disse que nunca devo fazer nada de errado. Mas eu não sabia que isso era errado.

– Não foi errado para você, Kilmeny. Mas foi um pouco errado para mim, porque eu sabia, ou melhor, eu deveria saber melhor. Não parei para pensar, como dizem as crianças. Algum dia você entenderá completamente. Agora, você me levará ao seu tio e à sua tia, e depois que eu lhes disser o que quero dizer, estará tudo bem nos encontrarmos aqui ou em qualquer lugar.

Ela balançou a cabeça.

– Não – ela escreveu –, tio Thomas e tia Janet vão dizer para você ir embora e nunca mais voltar. E eles nunca mais me deixarão vir aqui. Como não é certo encontrá-lo, eu não virei, mas não adianta pensar em ir até eles. Não contei a eles sobre você porque sabia que eles me proibiriam de vê-lo, mas lamento, pois isso é muito errado.

– Você deve me levar até eles – disse Eric firmemente. – Tenho certeza de que as coisas não serão como você teme quando eles ouvirem o que tenho a dizer.

Desconfortável, ela escreveu desoladamente:

– Eu vou fazer isso, já que você insiste, mas tenho certeza de que não adiantará. Não posso levá-lo esta noite porque eles estão fora. Eles foram à loja em Radnor. Mas vou levá-lo amanhã à noite; e depois disso não o verei mais.

Duas grandes lágrimas inundaram seus grandes olhos azuis e respingaram sobre sua lousa. Seus lábios estremeceram como os de uma criança ferida. Eric colocou o braço impulsivamente ao redor dela e encostou a cabeça dela em seu ombro. Enquanto ela chorava ali, suavemente, miseravelmente, ele pressionou os lábios nos sedosos cabelos pretos com a coroa de botões de rosa. Ele não viu dois olhos ardentes olhando para ele por cima da velha cerca com ódio e louca paixão ardendo em suas profundezas. Neil Gordon estava agachado ali, com as mãos cerradas e o peito erguido, observando-os.

– Kilmeny, querida, não chore – disse Eric com ternura. – Você me verá novamente. Eu lhe prometo, aconteça o que acontecer. Eu não acho que seu tio e sua tia sejam tão insensatos quanto você teme, mas mesmo que sejam, eles não me impedirão de encontrá-la de alguma forma.

Kilmeny levantou a cabeça e enxugou as lágrimas dos olhos.

– Você não sabe como eles são – ela escreveu. – Eles vão me trancar no meu quarto. Era assim que eles sempre me puniam quando eu era

KILMENY DO POMAR

pequena. E uma vez, não muito tempo atrás, quando eu já era grande, eles fizeram isso.

– Se eles o fizerem, vou tirar você de alguma forma – disse Eric, rindo um pouco.

Ela se permitiu sorrir, mas foi um pequeno esforço um tanto desolado. Ela não chorou mais, porém seu ânimo não voltou. Eric falava alegremente, mas ela apenas ouvia de uma maneira pensativa e ausente, como se mal o escutasse. Quando ele pediu para ela tocar, ela balançou a cabeça.

– Não consigo pensar em música esta noite – escreveu ela –, eu vou para casa, pois minha cabeça está doendo e me sinto muito estúpida.

– Muito bem, Kilmeny. Agora, não se preocupe, pequena garota. Tudo vai dar certo.

Evidentemente, ela não compartilhava de sua segurança, pois estava de cabeça baixa novamente enquanto eles caminharam juntos através do pomar. Na entrada da trilha de cerejeira silvestre, ela parou e olhou para ele de maneira meio reprovadora, seus olhos se enchendo de novo. Ela parecia estar lhe oferecendo um mudo adeus. Com um impulso de ternura que ele não pôde controlar, Eric a abraçou e beijou sua boca vermelha e trêmula. Ela começou a chorar novamente. Uma cor ardente varreu seu rosto, e no momento seguinte ela fugiu rapidamente pela trilha escurecida.

A doçura daquele beijo involuntário se agarrou aos lábios de Eric enquanto ele voltava para casa, meio que o intoxicando. Ele sabia que isso havia aberto os portões da feminilidade para Kilmeny. Nunca mais, ele sentiu, os olhos dela encontrariam os dele com a antiga descomplicada franqueza. Na próxima vez que ele olhasse para eles, sabia que veria ali a consciência de seu beijo. Naquela noite, no pomar, Kilmeny havia deixado sua infância para trás.

89

UM PRISIONEIRO DO AMOR

Quando Eric se dirigiu ao pomar na noite seguinte, teve de admitir que se sentia um pouco nervoso. Ele não sabia como os Gordon o receberiam, e certamente os relatos que ouvira sobre eles não eram animadores, para dizer o mínimo. Até a senhora Williamson, quando ele lhe disse para onde estava indo, parecia considerá-lo alguém que estava empenhado a desafiar um leão em sua cova.

– Espero que não sejam muito incivilizados com você, mestre – foi o melhor que ela pôde dizer.

Ele esperava que Kilmeny estivesse no pomar antes dele, pois fora atrasado por uma chamada de um dos administradores; mas ela não estava em lugar algum. Ele atravessou o pomar até a trilha de cerejeira silvestre, mas, à entrada, parou bruscamente, em súbita consternação.

Neil Gordon caminhou de trás das árvores e ficou de frente para ele, com olhos em chamas e lábios que se contorciam em uma comoção tão grande que a princípio o impediram de falar.

Kilmeny do pomar

Com consternação, Eric instantaneamente entendeu o que deve ter acontecido. Neil descobrira que ele e Kilmeny estavam se encontrando no pomar e, sem dúvida, levara essa história até Janet e Thomas Gordon. Ele percebeu como era lamentável que isso tivesse acontecido antes que ele tivesse tempo de dar sua própria explicação. Provavelmente predisporia ainda mais os guardiões de Kilmeny contra ele. Nesse momento, em seus pensamentos, a paixão reprimida de Neil de repente encontrou saída em uma explosão de palavras selvagens.

– Então você veio encontrá-la novamente. Mas ela não está aqui, você nunca mais a verá! Eu odeio você, odeio, odeio!

Sua voz se elevou para um grito estridente. Ele deu um passo furioso mais para perto de Eric, como se fosse atacá-lo. Eric olhou firmemente em seus olhos com uma provocação calma, diante do qual sua paixão selvagem se desfez como espuma em uma rocha.

– Então você está causando problemas para Kilmeny, Neil? – disse Eric com desdém. – Suponho que você esteja bancando o espião. E suponho que você tenha dito ao tio e à tia dela que ela estava me encontrando aqui. Bem, você me poupou o trabalho de fazê-lo, isso é tudo. Eu mesmo estava indo contar para eles hoje à noite. Não sei qual foi o seu motivo para fazer isso. Foi ciúme de mim? Ou você fez isso por maldade a Kilmeny?

Seu desprezo intimidou Neil com mais eficácia do que qualquer demonstração de raiva poderia ter feito.

– Não importa por que eu fiz isso – ele murmurou de maneira sombria. – O que eu fiz ou por que fiz isso não é da sua conta. E você não tem nada que vir aqui furtivamente também. Kilmeny não o encontrará aqui novamente.

– Ela vai me encontrar em sua própria casa então – disse Eric com firmeza. – Neil, ao se comportar dessa maneira, você se mostrou um garoto muito tolo e indisciplinado. Vou direto até o tio e a tia de Kilmeny para explicar tudo.

Neil avançou em seu caminho.

– Não, não, vá embora – ele implorou descontroladamente. – Oh, senhor, oh, senhor Marshall, por favor, vá embora. Farei qualquer coisa por você, se desejar. Eu amo Kilmeny. Eu a amei toda a minha vida. Eu daria minha vida por ela. Não posso ter você vindo aqui para roubá-la de mim. Se você o fizer, eu mato você! Eu quis matá-lo ontem à noite quando vi você beijá-la. Ah, sim, eu vi vocês. Eu estava observando, espionando, se você preferir. Eu não ligo para como você chama isso. Eu a segui, suspeitei de algo. Ela estava tão diferente, tão mudada. Ela nunca mais usou as flores que eu peguei para ela. Ela parecia esquecer que eu estava lá. Eu sabia que algo havia surgido entre nós. E era você, maldito! Oh, eu vou fazer você lamentar por isso. – Ele estava se transformando em uma fúria novamente, a fúria indomável do camponês italiano, frustrada no desejo de seu coração. Isso anulou toda a moderação de sua educação e do ambiente. Eric, em meio a toda a sua raiva e aborrecimento, sentiu pena dele. Neil Gordon era apenas um garoto ainda; e ele estava deplorável e fora de si.

– Neil, escute-me – ele disse com calma. – Você está falando de maneira muito tola. Não cabe a você dizer quem deve ou não ser amigo de Kilmeny. Agora, você pode muito bem se controlar e voltar para casa como um sujeito decente. Não estou nem um pouco assustado com suas ameaças e saberei como lidar com você se insistir em se intrometer comigo ou em perseguir Kilmeny. Eu não sou o tipo de pessoa que tolera isso, meu rapaz.

O poder contido em seu tom e olhar intimidou Neil. Ele virou-se soturnamente, murmurando outro xingamento, e mergulhou na sombra dos pinheiros.

Eric, nem um pouco perturbado por baixo de toda a sua compostura exterior com esse encontro inesperado e desagradável, seguiu seu caminho ao longo da trilha que serpenteava em curvas pelo cinturão da floresta até a propriedade dos Gordon. Seu coração batia ao pensar em Kilmeny. O que ela poderia estar sofrendo? Sem dúvida, Neil havia

KILMENY DO POMAR

fornecido um relato muito exagerado e distorcido do que ele havia visto, e provavelmente seus severos tios estavam furiosos com ela, pobre criança. Ansioso para evitar a ira deles o mais rápido possível, ele se apressou, quase esquecendo seu encontro com Neil. As ameaças dele não o incomodaram de todo. Ele achava que a explosão de raiva de um garoto ciumento pouco importava. O que importava era que Kilmeny estava com problemas que a negligência dele causara a ela.

Logo ele se viu diante da casa dos Gordon. Era uma construção antiga, com beirais pontudos e trapeiras, cujas telhas de madeira estavam manchadas de um cinza-escuro pela longa exposição ao vento e ao clima. Persianas verdes desbotadas estavam penduradas nas janelas do andar inferior. Atrás da casa crescia um espesso bosque de abetos. O pequeno quintal da frente era gramado e sem flores, mas por cima da porta da frente uma videira luxuriante de floração precoce escalava, em um festival de flor vermelho-sangue que contrastava estranhamente com a nudez geral de seus arredores. Parecia arremessar-se sobre a sombria e velha casa como se pretendesse bombardeá-la com uma vida exótica e com alegria.

Eric bateu na porta, imaginando se seria possível que Kilmeny viesse até ela. Mas um momento depois a porta foi aberta por uma mulher idosa, uma mulher de formas rígidas, desde a bainha do seu vestido escuro e sem vida até o topo de sua cabeça, coberta por cabelos pretos que, apesar de seus poucos fios cinzentos, ainda eram espessos e luxuriantes. Ela tinha um rosto comprido e pálido, um tanto desgastado e enrugado, mas que possuía certa respeitabilidade severa em seus traços que nem a idade nem as rugas haviam destruído; e seus olhos cinza-claros e profundos não eram destituídos de gentileza, embora agora examinassem Eric com hostilidade oculta. A imagem dela, em seu traje impiedoso, era muito angular; no entanto, havia nela uma dignidade de porte e maneiras que Eric gostava. Em qualquer caso, ele preferia a seriedade carrancuda à tagarelice vulgar.

93

Ele levantou o chapéu.

– Eu teria a honra de falar com a senhorita Gordon? – ele perguntou.

– Eu sou Janet Gordon – disse a mulher, de maneira rígida.

– Então eu gostaria de conversar com você e seu irmão.

– Entre. – Ela se afastou e lhe indicou uma porta marrom baixa que se abria à direita.

– Entre e sente-se. Eu vou chamar Thomas – ela disse friamente, enquanto caminhava pelo corredor.

Eric entrou na sala de visitas e sentou-se conforme proposto. Ele se encontrou na sala mais antiquada que já vira. As cadeiras e as mesas solidamente fabricadas, de madeira escurecida e polida com o tempo, fizeram até o conjunto de crina de cavalo da sala da senhora Williamson parecer extravagantemente moderno. O chão pintado estava coberto com tapetes trançados redondos. Sobre a mesa central havia um abajur, uma Bíblia e alguns volumes teológicos contemporâneos da mobília quadrada. Nas paredes, com lambris de madeira até a metade e cobertas no resto com um papel escuro e estampado com diamantes, estavam penduradas gravuras desbotadas, principalmente de personagens de aparência clerical e com perucas em togas e faixas.

Contudo, acima da cornija da lareira alta, preta e não decorada, em um brilho avermelhado da luz do sol batendo através da janela, estava pendurado algo que capturou e prendeu a atenção de Eric, excluindo todo o resto. Era a fotografia em lápis de cera ampliada de uma jovem garota e, apesar da rudeza da execução, era facilmente o centro de interesse na sala.

Eric imediatamente imaginou que aquela deveria ser a imagem de Margaret Gordon, pois, embora em geral fosse bem diferente do rosto sensível e espirituoso de Kilmeny, havia uma semelhança sutil e inconfundível na testa e no queixo.

O rosto retratado era muito bonito, sugestivo, de olhos escuros aveludados e cores vivas; mas foi sua expressão, e não sua beleza, que fascinou Eric. Ele nunca tinha visto um semblante indicativo de mais intensa e obstinada força de vontade. Margaret Gordon estava morta e enterrada; a imagem era uma produção barata e inartística, em uma impossível moldura de fina camada dourada e felpuda; no entanto, a vitalidade naquele rosto ainda dominava o ambiente. Qual então deveria ter sido o poder de tal personalidade em vida?

Eric percebeu que aquela mulher poderia e teria feito qualquer coisa que desejasse, destemida e implacavelmente. Ela podia imprimir seu desejo a tudo e a todos ao seu redor, moldando-os de acordo com o anseio e a vontade dela, e a despeito de toda a resistência que pudessem opor. Muitas coisas na criação e no temperamento de Kilmeny ficaram claras para ele.

"Se essa mulher tivesse me falado que eu era feio, eu teria acreditado nela", ele pensou. "Sim, mesmo que eu tivesse um espelho para contradizê-la. Eu nunca teria sonhado em discutir ou questionar qualquer coisa que ela dissesse. O estranho poder em seu rosto é quase excepcional, espreitando através de uma máscara de beleza e curvas jovens. Orgulho e obstinação são suas características salientes. Bem, Kilmeny não se assemelha em nada com sua mãe em expressão, e apenas pouco ligeiramente em feições."

Suas reflexões foram interrompidas pela entrada de Thomas e Janet Gordon. O primeiro fora evidentemente chamado de seu trabalho. Ele assentiu sem falar, e os dois se sentaram solenemente diante de Eric.

– Vim vê-lo em relação à sua sobrinha, senhor Gordon – disse ele abruptamente, percebendo que haveria pouca utilidade em usar rodeios com aquele par sinistro. – Conheci o seu... conheci Neil Gordon no pomar dos Connors e descobri que ele lhes disse que eu venho encontrando Kilmeny lá. – Ele fez uma pausa. Thomas Gordon assentiu novamente; mas não falou e não tirou seus olhos firmes e penetrantes do semblante corado do jovem rapaz. Janet ainda estava sentada em uma espécie de imobilidade expectante.

– Receio que você tenha formado uma opinião desfavorável sobre mim, senhor Gordon – continuou Eric. – Mas acho que eu não a mereço. Eu posso explicar o assunto, se você me permitir. Eu conheci sua sobrinha acidentalmente no pomar três semanas atrás e a ouvi tocar. Achei a música dela maravilhosa e adquiri o hábito de ir ao pomar à noite para ouvi-la. Eu não tenho a intenção de machucá-la de maneira nenhuma, senhor Gordon. Pensei nela como mera criança, e uma criança que era duplamente sagrada por causa de seu distúrbio. Mas recentemente eu... eu... ocorreu-me que eu não estava me comportando de maneira honrosa ao encorajá-la a me encontrar assim. Ontem à noite, pedi que ela me trouxesse aqui e me apresentasse ao senhor e à tia dela. Teríamos vindo então se vocês estivessem em casa. Como vocês não estavam, combinamos de eu vir esta noite. Espero que o senhor não me recuse o privilégio de ver sua sobrinha, senhor Gordon – disse Eric, ansioso. – Peço que me permita visitá-la aqui. Mas não peço que me receba como um amigo apenas sob minhas próprias recomendações. Vou lhe dar referências, homens de reputação em Charlottetown e Queenslea. Se você os consultar...

– Não preciso fazer isso – disse Thomas Gordon, em voz baixa. – Eu sei mais de você do que pensa, mestre. Conheço bem seu pai pela reputação, e eu já o vi. Sei que você é filho de um homem rico, qualquer que seja o seu capricho em lecionar em uma escola rural. Como você manteve sua própria deliberação sobre seus assuntos, eu supus que você não queria que sua verdadeira posição fosse de conhecimento geral e, portanto, eu segurei minha língua a seu respeito. Não conheço nenhum mal de você, mestre, e acho realmente que não há nenhum, agora que acredito que você não estava seduzindo Kilmeny ao encontrá-la sem o conhecimento dos parentes dela de seus propósitos. Mas tudo isso não faz de você um amigo adequado para ela, senhor, isso o torna ainda mais inadequado. Quanto menos ela encontrá-lo, melhor.

Eric quase saltou em um protesto indignado; mas lembrou-se rapidamente de que sua única esperança de ganhar Kilmeny era levar

KILMENY DO POMAR

Thomas Gordon a outra maneira de pensar. Ele se saíra melhor do que esperava até o momento, mas não ia arriscar o que havia conquistado por impetuosidade ou impaciência.

– Por que você acha isso, senhor Gordon? – ele perguntou, recuperando o autocontrole com um esforço.

– Bem, falando claro é melhor, mestre. Se você viesse aqui para ver Kilmeny com frequência, provavelmente ela pensaria demais em você. Desconfio que algum mal já tenha sido feito nesse sentido. Então, quando você for embora, poderá partir o coração dela, pois ela é uma daquelas pessoas que sentem as coisas profundamente. Ela tem sido feliz o suficiente. Sei que as pessoas nos condenam pela maneira como ela foi criada, mas elas não sabem tudo. Era o melhor caminho para ela, considerando todas as coisas. E não queremos deixá-la infeliz, mestre.

– Mas eu amo sua sobrinha e quero me casar com ela, se puder conquistar o amor dela – disse Eric com firmeza.

Ele finalmente os surpreendeu e os tirou do autocontrole. Os dois se sobressaltaram e olharam para ele como se não pudessem acreditar na evidência de seus ouvidos.

– Casar com ela! Casar com Kilmeny! – exclamou Thomas Gordon, incrédulo. – Você não está falando sério, senhor. Ora, ela é muda, Kilmeny é muda.

– Isso não faz diferença em meu amor, embora eu lamente profundamente por ela – respondeu Eric. – Eu só posso repetir o que já falei, senhor Gordon. Eu quero Kilmeny como minha esposa.

O velho homem se inclinou para a frente e olhou para o chão de maneira perturbada, esboçando suas sobrancelhas espessas para baixo e batendo levemente as pontas calejadas de seus dedos inquietamente. Ele estava evidentemente intrigado com aquela mudança inesperada da conversa e com sérias dúvidas sobre o que dizer.

– O que seu pai diria sobre tudo isso, mestre? – enfim questionou.

– Ouvi muitas vezes meu pai dizer que um homem deve se casar para agradar a si mesmo – disse Eric, com um sorriso. – Se ele se sentisse tentado a voltar atrás nessa opinião, acho que a visão de Kilmeny o converteria. Mas, afinal, é o que eu digo que importa neste caso, não é, senhor Gordon? Eu sou bem-educado e não tenho medo do trabalho. Posso construir uma casa para Kilmeny daqui a alguns anos, mesmo que eu tenha que depender inteiramente de meus próprios recursos. Apenas me dê a chance de conquistá-la, é tudo o que peço.

– Acho que não, mestre – disse Thomas Gordon, balançando a cabeça. – Claro, ouso dizer que você... você... – ele tentou dizer "ama", mas a reserva escocesa relutou teimosamente em dizer a terrível palavra – você pensa que gosta de Kilmeny agora, mas é apenas um rapaz, e as fantasias dos rapazes mudam.

– A minha não vai mudar – Eric interrompeu veementemente. – Não é uma fantasia, senhor Gordon. É o amor que acontece uma vez na vida e apenas uma vez. Posso ser apenas um rapaz, mas sei que Kilmeny é a única mulher no mundo para mim. Nunca poderá haver outra. Oh, eu não estou falando impetuosamente ou sem consideração. Eu pesei bem o assunto e olhei para ele em todos os aspectos. E tudo se resume a isto: eu amo Kilmeny e quero o que qualquer homem decente que realmente ame uma mulher tem o direito de ter, a chance de conquistar seu amor.

– Bem! – Thomas Gordon respirou fundo, quase um suspiro. – Talvez... se você se sente assim, mestre, eu não sei, há algumas coisas que não é certo contrariar. Talvez não devêssemos... Janet, mulher, o que diremos a ele?

Janet Gordon até então não falara nenhuma palavra. Ela sentara rigidamente em uma das cadeiras velhas sob o quadro insistente de Margaret Gordon, com as mãos enlaçadas, desgastadas pela labuta, agarrando firmemente os braços esculpidos, e seus olhos fixos no rosto de Eric. A princípio, a expressão deles era cautelosa e hostil, mas, à medida que a conversa prosseguia, eles a perderam gradualmente e tornaram-se quase gentis. Agora, quando o irmão apelou para ela, ela se inclinou para a frente e disse, ansiosamente:

– Você sabe que há uma mancha no nascimento de Kilmeny, mestre?

– Eu sei que a mãe dela foi a vítima inocente de um engano muito triste, senhorita Gordon. Eu reconheço que não há mancha real onde não houve um mal consciente. Embora, por falar nisso, mesmo que houvesse, não seria culpa de Kilmeny e não faria diferença para mim no que diz respeito a ela.

Uma mudança súbita varreu o rosto de Janet Gordon, bastante maravilhosa na transformação que provocou. Sua boca carrancuda se suavizou e uma inundação de ternura reprimida glorificou seus frios olhos cinzentos.

– Bem, então – ela disse quase de maneira triunfante –, já que nem isso nem sua mudez parecem ser um inconveniente aos seus olhos, não vejo por que você não deveria ter a chance que deseja. Talvez seu mundo diga que ela não é boa o suficiente para você, mas ela é... ela é... – disse meio desafiadoramente. – Ela é uma moça doce, inocente e de coração verdadeiro. Ela é alegre e inteligente e não parece ter um problema. Thomas, digo que deixe o jovem rapaz realizar seu desejo.

Thomas Gordon levantou-se, como se considerasse a responsabilidade fora de seus ombros e a entrevista no final.

– Muito bem, Janet, mulher, já que você acha sensato. E que Deus lide com ele como ele lida com ela. Boa noite, mestre. Vejo você novamente, e você é livre para ir e vir como quiser. Mas tenho que ir ao meu trabalho agora. Deixei meus cavalos no campo.

– Vou subir e mandar Kilmeny descer – disse Janet calmamente.

Ela acendeu a lâmpada sobre a mesa e saiu da sala. Alguns minutos depois, Kilmeny desceu. Eric se levantou e foi encontrá-la ansiosamente, mas ela apenas estendeu a mão direita com dignidade e, enquanto olhava para o rosto dele, não o olhou nos olhos.

– Veja, eu estava certo afinal, Kilmeny – ele disse, sorrindo. – Seu tio e sua tia não me afastaram. Pelo contrário, eles foram muito gentis comigo e dizem que posso vê-la quando e onde eu quiser.

Ela sorriu e foi até a mesa para escrever em sua lousa.

– Mas eles estavam com muita raiva ontem à noite e disseram coisas terríveis para mim. Eu me senti muito assustada e infeliz. Eles pareciam pensar que eu tinha feito algo terrivelmente errado. Tio Thomas disse que nunca mais confiaria em mim longe de sua vista. Eu mal pude acreditar quando tia Janet apareceu e me disse que você estava aqui e que eu poderia descer. Ela olhou para mim muito estranhamente enquanto falava, mas pude ver que toda a raiva havia desaparecido de seu rosto. Ela parecia contente e também triste. Mas estou feliz que eles tenham nos perdoado.

Ela não lhe contou como estava feliz, e como ficara infeliz com o pensamento de que nunca mais o veria. No dia anterior ela teria dito tudo a ele franca e completamente; mas para ela esse dia estava a uma vida inteira de distância; uma vida em que ela ingressara em seu legado de dignidade e segredos femininos. O beijo que Eric havia deixado em seus lábios, as palavras que seu tio e sua tia haviam dito a ela, as lágrimas que derramou pela primeira vez em um travesseiro insone, tudo conspirara para revelá-la a si mesma. Ela ainda não sonhava que amava Eric Marshall, ou que ele a amava. Mas ela não era mais a criança de quem ele se tornaria um querido camarada. Ela era, embora um tanto inconscientemente, a mulher a ser cortejada e conquistada, exigindo, com doce e inato orgulho, suas obrigações de lealdade.

UMA MULHER DOCE QUE NUNCA RESPIROU

Desde então, Eric Marshall era um visitante constante na propriedade dos Gordon. Ele logo se tornou o favorito de Thomas e Janet, especialmente dela. Ele gostava dos dois, descobrindo sob todas as peculiaridades exteriores deles um genuíno valor e aptidão de caráter. Thomas Gordon era surpreendentemente culto e podia vencer Eric a qualquer momento em um debate, uma vez que se aquecesse o suficiente para obter fluência de palavras. Eric mal o reconheceu na primeira vez em que o viu assim animado. Sua forma curvada se endireitou, seus olhos afundados brilharam, seu rosto corou, sua voz soou como uma trombeta e ele derramou uma avalanche de eloquência que varreu os argumentos inteligentes e atualizados de Eric como palha no ímpeto de uma torrente na montanha. Eric desfrutava enormemente de sua própria derrota, mas Thomas Gordon estava envergonhado de ser assim retirado de si mesmo e, uma semana depois, confinou seus comentários

LUCY MAUD MONTGOMERY

a "sim" e "não", ou, no máximo, a uma breve declaração de que uma mudança no tempo estava se armando.

Janet nunca falava sobre assuntos da Igreja e do Estado, pois ela claramente considerava estarem muito além da esfera de uma mulher. Mas ela escutava com interesse espreitando em seus olhos, enquanto Thomas e Eric debatiam com fatos, estatísticas e opiniões, e, nas raras ocasiões em que Eric marcava um ponto, ela se permitia dar um pequeno sorriso malicioso à custa do irmão.

De Neil, Eric viu pouco. O garoto italiano o evitava, ou, se eles se encontravam, passava por ele com olhos soturnos e melancólicos. Eric não se incomodou muito com Neil, mas Thomas Gordon, entendendo o motivo que levou Neil a trair sua descoberta dos encontros românticos no pomar, disse sem rodeios a Kilmeny que ela não deveria considerar Neil um semelhante como havia feito.

– Você tem sido muito gentil com o rapaz, querida, e ele se tornou presunçoso. Ele deve ser ensinado sobre seu lugar. Desconfio que todos nós fizemos mais por ele do que deveríamos.

Mas a maior parte das horas idílicas do cortejo de Eric eram passadas no velho pomar; o jardim agora era um campo de rosas; rosas vermelhas como o coração de um pôr do sol, rosas rosadas como o enrubescer do amanhecer, rosas brancas como a neve nos picos das montanhas, rosas cheias de pétalas e rosas em botões que eram mais doces do que qualquer coisa na Terra, exceto o rosto de Kilmeny.

Suas pétalas caíam em pilhas de seda ao longo dos velhos caminhos ou se agarravam aos gramados exuberantes no meio dos quais Eric deitava e sonhava, enquanto Kilmeny tocava para ele em seu violino.

Eric prometeu a si mesmo que, quando ela fosse sua esposa, seu maravilhoso dom para a música deveria ser cultivado ao máximo. Os poderes de expressão dela pareciam se aprofundar e se desenvolver a cada dia, crescendo à medida que sua alma crescia, adquirindo nova cor e riqueza em seu coração que amadurecia.

KILMENY DO POMAR

Para Eric, os dias eram todos páginas de um idílio inspirado. Ele nunca havia sonhado que o amor poderia ser tão poderoso, ou o mundo tão bonito. Ele se perguntou se o universo era grande o suficiente para manter sua alegria ou a eternidade longa o suficiente para vivê-la. Toda a sua existência era, no momento, limitada àquele pomar onde ele cortejava sua namorada. Todas as outras ambições, planos e esperanças foram deixados de lado na busca desse único objetivo, cuja realização melhoraria mil vezes todos os outros, e cuja perda roubaria a todos os outros a razão de sua existência. Seu próprio mundo parecia muito distante, e as coisas daquele mundo esquecidas.

Seu pai, ao ouvir que ele assumiria a escola de Lindsay por um ano, escrevera uma carta irritadiça e espantada, perguntando se ele era demente ou algo similar.

"Ou há uma garota no caso?" Ele escreveu. "Deve haver, para amarrá-lo a um lugar como Lindsay por um ano. Tome cuidado, mestre Eric; você tem sido sensível demais a vida toda. Um homem é obrigado a se fazer de bobo pelo menos uma vez, e se você não conseguiu superar isso na adolescência, pode estar atacando você agora."

David também escreveu, protestando mais gravemente, mas não expressou as suspeitas que Eric sabia que ele devia ter.

– O bom e velho David! Ele está tremendo de medo de que eu esteja tramando algo que ele possa não aprovar, mas não dirá uma palavra para tentar forçar minha confiança.

Não demorou muito para que deixasse de ser segredo em Lindsay de que "o mestre" estava indo à casa dos Gordon com a intenção de fazer a corte. A senhora Williamson manteve a própria decisão e a de Eric; os Gordon não disseram nada; mas o segredo vazou e enormes foram a surpresa, as fofocas e o assombro. Uma ou duas pessoas incautas se aventuraram a expressar sua opinião sobre a prudência do mestre ao próprio mestre, mas nunca repetiram o experimento. A curiosidade era comum. Circularam centenas de histórias sobre Kilmeny, todas muito exageradas. Mentes sábias foram sacudidas, e a maioria opinava que era um grande desperdício. O mestre era provavelmente um sujeito jovem; podia escolher qualquer mulher, você poderia pensar; era terrível que ele fosse escolher aquela sobrinha esquisita e muda dos Gordon, que fora criada de uma maneira tão pagã. Mas nunca se poderia adivinhar de que maneira a fantasia de um homem se revelaria quando ele se decidisse a escolher uma esposa. Eles acharam que Neil Gordon não havia gostado muito. Parecia ter ficado mal-humorado ultimamente e já não cantava mais no coral. Assim o burburinho de comentários e fofocas corria.

Para aqueles dois no velho pomar isso não importava nem um pouco. Kilmeny não sabia nada de fofocas. Para ela, Lindsay era um mundo tão desconhecido quanto a cidade de Eric. Seus pensamentos se espalhavam por todo o reino de sua imaginação, mas eles nunca vagavam pelas pequenas realidades que cercavam sua estranha vida. Naquela vida ela florescera, uma coisa bonita e única. Houve momentos em que Eric quase lamentou que um dia ele teria de tirá-la de sua solidão pura para um mundo que, em última análise, era apenas Lindsay em uma escala maior, no fundo com a mesma mesquinhez de pensamento, sentimento e opinião. Ele desejou poder mantê-la para sempre naquele velho pomar escondido por abetos, onde as rosas caíam.

Um dia ele se entregou à realização da fantasia que formulara quando Kilmeny lhe disse que se achava feia. Ele foi até Janet e pediu-lhe permissão para trazer um espelho para a casa, para que ele tivesse o privilégio de ser o primeiro a revelar Kilmeny exteriormente para si mesma. Janet ficou um pouco em dúvida a princípio.

– Não existe tal coisa na casa há dezesseis anos, mestre. Nunca houve senão três: um no quarto de hóspedes, um pequeno na cozinha e o de Margaret. Ela quebrou todos no dia em que percebeu pela primeira vez que Kilmeny estava ficando bonita. Talvez eu deveria ter arranjado um depois que ela morreu. Mas eu não pensei nisso; e não há necessidade de as moças estarem sempre se observando em espelhos.

KILMENY DO POMAR

Mas Eric implorou e argumentou habilmente e por fim Janet disse:

– Ora, ora, faça como quiser. Você faria de qualquer maneira, rapaz. Você é um daqueles homens que sempre conseguem o que querem. Mas isso é diferente dos homens que *fazem* à própria maneira, "e isso é uma misericórdia" – ela acrescentou baixinho.

Eric foi à cidade no sábado seguinte e escolheu um espelho que o agradou. Ele o enviou para Radnor e Thomas Gordon o levou para casa, sem saber o que era, pois Janet achou que ele também não deveria saber.

– É um presente que o mestre está dando para Kilmeny – ela lhe disse.

Ela mandou Kilmeny para o pomar depois do chá, e Eric deu a volta para a casa pela estrada e pela pista principais. Janet e ele juntos desembalaram o espelho e o penduraram na parede da sala de visitas.

– Nunca vi uma coisa tão grande, mestre – disse Janet, duvidosa, como se afinal desconfiasse de sua profundidade reluzente e perolada e de sua moldura ricamente ornamentada. – Espero que ele não a torne vaidosa. Ela é muito bonita, mas pode não ser bom ela saber disso.

– Isso não vai machucá-la – disse Eric, confiante. – Quando a crença em sua feiura não estraga uma garota, a crença em sua beleza também não o fará.

Janet, porém, não entendeu os epigramas. Ela removeu cuidadosamente um pouco de poeira da superfície polida e franziu a testa meditativamente diante do belo reflexo que ela viu ali.

– Não consigo imaginar o que fez Kilmeny considerar que ela era feia, mestre.

– Sua mãe disse que ela era – disse Eric, de maneira um tanto amarga.

– Ah! – Janet deu uma rápida olhada na foto de sua irmã. – Foi isso? Margaret era uma mulher estranha, mestre. Suponho que ela pensava que sua própria beleza foi uma armadilha para ela. Ela *era* bonita. Essa foto não faz justiça a ela. Eu nunca gostei. Foi tirada antes de ela... antes de ela conhecer Ronald Fraser. Nenhum de nós a achava muito parecida com ela na época. Mas, mestre, três anos depois, era igual a ela, oh, era igual a ela então! Esse mesmo olhar apareceu em seu rosto.

– Kilmeny não se parece com a mãe – observou Eric, olhando de relance para a foto com o mesmo sentimento de fascínio e aversão misturados com os quais ele sempre a olhava. – Ela se parece com o pai?

– Não, não muito, embora alguns de seus modos sejam muito parecidos com os dele. Ela se parece com a avó, mãe de Margaret, mestre. O nome dela também era Kilmeny, e ela era uma mulher bonita e meiga. Eu gostava muito da minha madrasta, mestre. Quando ela morreu, ela me deu seu bebê e me pediu para ser sua mãe. Ah, bem, eu tentei; mas não consegui afastar a tristeza da vida de Margaret, e às vezes me vem à mente que talvez eu também não seja capaz de afastá-la da vida de Kilmeny.

– Essa será minha tarefa – disse Eric.

– Você fará o seu melhor, não duvido. Mas talvez seja por meio de você que a tristeza chegue a ela afinal.

– Não por culpa minha, tia Janet.

– Não, não, não estou dizendo que será sua culpa. Mas meu coração às vezes me causa apreensão. Oh, ouso dizer que sou apenas uma velha tola, mestre. Siga o seu caminho e traga sua namorada aqui para ver seu brinquedo quando quiser. Eu não vou fazer isso ou me meter com isso.

Janet se dirigiu para a cozinha e Eric foi procurar Kilmeny. Ela não estava no pomar, e foi só quando ele procurou por algum tempo que a encontrou. Ela estava em pé debaixo de uma faia em um campo além do pomar, encostada na cerca mais comprida, com as mãos apertadas contra a bochecha. Nelas, ela segurava um lírio branco do pomar. Ela não correu para encontrá-lo enquanto ele atravessava o pasto, como faria antes. Ela esperou imóvel até que ele se aproximasse dela.

Eric começou, meio rindo, meio ternamente, a citar algumas linhas de seu poema homônimo:

KILMENY DO POMAR

"Kilmeny, Kilmeny, onde você esteve?
Por muito tempo procuramos tanto no bosque e no esconderijo,
Pela ravina, pelo vau e pela floresta verde!
No entanto, você está bem e bela de se ver.
De onde você tirou aquele lírio brilhante?
Essa bonita faixa de bétulas tão verdes,
E aquelas rosas, a mais bela já vista?
Kilmeny, Kilmeny, onde você esteve?"[10]

– Só que você está carregando um lírio, e não uma rosa. Eu também posso citar o próximo dístico:

"Kilmeny ergueu os olhos com uma graça adorável,
Mas não havia sorriso no rosto de Kilmeny."

– Por que você parece tão séria?

Kilmeny não estava com sua lousa e não conseguiu responder; mas Eric adivinhou por algo em seus olhos que ela estava contrastando amargamente a beleza da heroína do poema com sua suposta feiura.

– Vamos para casa, Kilmeny. Eu tenho algo para lhe mostrar, algo mais adorável do que tudo que você já viu antes – disse ele, com um prazer jovial brilhando nos olhos. – Quero que você vá e vista aquele vestido de musselina que usou no último domingo à noite e prenda seu cabelo da mesma maneira que fez então. Corra, não espere por mim. Mas você não deve entrar na sala de visitas até eu chegar. Quero pegar alguns desses lírios no pomar.

Quando Eric voltou para casa com uma braçada de longos lírios brancos de Madonna que floresciam no pomar, Kilmeny estava descendo a escadaria íngreme e estreita, com seu carpete listrado de lã caseira.

---

10 Trecho do poema *The Queen's Wake* (1813), de James Hogg (1770-1835), poeta, ensaísta e novelista escocês. (N.T.)

Sua maravilhosa beleza era realçada em um brilho por obra da madeira escura e das sombras do antigo e escurecido salão.

Ela usava um vestido rastejante e ajustado de algum tecido tingido de creme que tinha sido de sua mãe. Ele não havia sido alterado em nenhum aspecto, pois a moda não dominava na propriedade dos Gordon, e Kilmeny achou que o vestido não deixava nada a desejar. Seu estilo pitoresco combinava admiravelmente com ela; o pescoço estava ligeiramente à mostra. As mangas longas e bufantes realçavam as mãos delicadas. Kilmeny havia cruzado as longas tranças nas costas e prendido-as na cabeça como uma coroa; uma rosa branca estava presa no lado esquerdo.

– "Um homem dera toda a felicidade

E toda a sua riqueza mundana por isso:

Para desperdiçar todo o seu coração em um beijo

Nos lábios perfeitos dela"[11]

– citou Eric em um sussurro enquanto a observava descer. Em voz alta, ele disse: – Pegue esses lírios no braço e deixe que as flores caiam sobre seu ombro. Agora, me dê sua mão e feche os olhos. Não abra até que eu diga que você pode.

Ele a levou para a sala e até o espelho.

– Olhe – ele gritou alegremente.

Kilmeny abriu os olhos e olhou diretamente para o espelho, onde, como uma bela foto em uma moldura dourada, ela se viu refletida. Por um momento, ela ficou perplexa. Então ela percebeu o que aquilo significava. Os lírios caíram de seu braço no chão e ela empalideceu. Com um gritinho involuntário, ela colocou as mãos sobre o rosto.

Eric puxou-as para longe de maneira jovial.

– Kilmeny, você se acha feia agora? Este é um espelho mais verdadeiro do que o açucareiro de prata da tia Janet! Olhe, olhe, olhe! Você já imaginou algo mais bonito do que você, minha delicada Kilmeny?

---

11 Alfred Lord Tennyson (1809-1892), em *Sir Lancelot and Queen Guinevere* (1842). (N.T.)

KILMENY DO POMAR

Ela estava corando agora e lançando olhares tímidos e radiantes para o espelho. Com um sorriso, ela pegou sua lousa e escreveu ingenuamente:

– Acho que sou agradável de se olhar. Não posso lhe dizer quanto estou feliz. É tão terrível acreditar que se é feio. Você pode se acostumar com tudo o mais, mas nunca se acostuma com isso. Dói da mesma maneira toda vez que você se lembra. Mas por que a mamãe me disse que eu era feia? Ela realmente poderia ter pensado assim? Talvez eu tenha ficado mais bonita conforme cresci.

– Acredito que talvez sua mãe tenha achado que a beleza nem sempre é uma bênção, Kilmeny, e pensou ser mais sensato não deixar você saber que a possuía. Venha, vamos voltar ao pomar agora. Não devemos desperdiçar esta noite rara em casa. Haverá um pôr do sol de que nos lembraremos por toda a nossa vida. O espelho ficará pendurado aqui. É seu. Porém, não olhe para ele com muita frequência, ou a tia Janet desaprovará. Ela teme que isso a torne vaidosa.

Kilmeny deu uma de suas raras risadas musicais, que Eric nunca ouvia sem recorrer ao velho espanto por ela poder rir assim quando não conseguia falar. Ela soprou um beijinho no ar para seu rosto espelhado e virou-se, sorrindo alegremente.

A caminho do pomar, eles encontraram Neil, que passou por eles com o rosto virado, mas Kilmeny estremeceu e involuntariamente se aproximou de Eric.

– Eu não entendo Neil agora – ela escreveu nervosamente. – Ele não é legal, como costumava ser, e às vezes não responde quando eu falo com ele. E ele também olha de maneira tão estranha para mim. Além disso, ele é grosseiro e impertinente com o tio e a tia.

– Não se importe com Neil – disse Eric, levemente. – Ele provavelmente está emburrado por causa de algumas coisas que eu lhe disse quando descobri que ele havia nos espionado.

Naquela noite, antes de subir as escadas, Kilmeny entrou na sala para outro vislumbre de si mesma naquele maravilhoso espelho à luz de uma pequena vela fraca que ela carregava. Ela ainda estava sonhadoramente se demorando lá quando o rosto carrancudo da tia Janet apareceu nas sombras da porta.

– Você está pensando em sua boa aparência, moça? Sim, mas lembre-se de que bonito é quem faz bonito – disse ela, com uma admiração relutante, pois a garota com as bochechas coradas e os olhos brilhantes era algo que nem mesmo Janet Gordon conseguia admirar sem se comover.

Kilmeny sorriu suavemente.

– Vou tentar lembrar – escreveu ela –, mas tia Janet, estou tão feliz por não ser feia. Não é errado se alegrar com isso, é?

O rosto da velha mulher se suavizou.

– Não, eu suponho que não, moça – ela admitiu. – Um belo rosto é algo pelo que ser grato, como sabe ninguém melhor do que aqueles que nunca o tiveram. Lembro-me bem de quando eu era menina, mas isso não importa. O mestre acha que você é maravilhosa, Kilmeny – ela acrescentou, olhando com entusiasmo para a garota.

Kilmeny sobressaltou-se, e um rubor escarlate chamuscou seu rosto. Aquilo e a expressão que lampejou em seus olhos disseram a Janet Gordon tudo o que ela queria saber. Com um suspiro abafado, ela deu boa noite à sobrinha e saiu.

Kilmeny subiu rapidamente as escadas para seu quartinho escuro, com vista para os abetos, e jogou-se na cama, enterrando o rosto em chamas no travesseiro. As palavras de sua tia haviam revelado a ela o segredo oculto de seu coração. Ela sabia que amava Eric Marshall, e esse conhecimento trouxe consigo uma angústia estranha. Pois ela não era muda? Durante toda a noite ela ficou deitada fitando com olhos arregalados através da escuridão até o amanhecer.

NO TEMPERAMENTO ALTRUÍSTA DELA

Eric notou uma mudança em Kilmeny no encontro seguinte, uma mudança que o preocupou. Ela parecia distante, absorta em seus pensamentos, quase pouco à vontade. Quando ele propôs um passeio ao pomar, achou que ela relutou em ir. Os dias que se seguiram o convenceram da mudança. Algo tinha acontecido entre eles. Kilmeny parecia tão distante dele como se ela tivesse, na verdade, como seu homônimo do poema, peregrinado por sete anos na terra onde a chuva nunca caía e o vento nunca soprava e voltou lavada de todas as afeições da Terra.

Eric teve uma semana ruim, mas decidiu pôr um fim nisso falando claramente. Uma noite no pomar, ele contou a ela sobre seu amor.

Era uma noite em agosto, com campos de trigo amadurecendo para a colheita; uma suave noite violeta feita para amar, com o murmúrio distante de um mar inquieto em uma costa rochosa soando através dele. Kilmeny estava sentada no velho banco em que ele a vira pela primeira vez. Ela estava tocando para ele, mas sua música não a agradava, e ela deixou o violino de lado com a cara um pouco amarrada.

Pode ser que ela estivesse com medo de tocar, com medo de que suas novas emoções pudessem lhe escapar e se revelar na música. Era difícil evitar isso, pois havia muito tempo ela estava acostumada a expressar todos os seus sentimentos em harmonia. A necessidade de comedimento a aborrecia e fazia do seu arco algo desajeitado que não mais obedecia aos seus desejos. Mais do que nunca, naquele instante, ela ansiava pela fala; a fala que ocultaria e protegeria onde um silêncio perigoso pudesse trair.

Em voz baixa que tremia de seriedade, Eric disse-lhe que a amava, que a amara desde a primeira vez que a tinha visto naquele velho pomar. Ele falou humildemente, mas não com medo, pois acreditava que ela o amava, e ele tinha pouca expectativa de qualquer repulsa.

– Kilmeny, você será minha esposa? – ele perguntou finalmente, pegando as mãos dela nas suas.

Kilmeny ouviu com o rosto virado. A princípio, corou terrivelmente, mas agora estava muito pálida. Quando ele terminou de falar e estava esperando por sua resposta, ela puxou as mãos repentinamente e, colocando-as sobre o rosto, caiu em lágrimas e soluços silenciosos.

– Kilmeny, querida, eu te assustei? Certamente você já sabia antes que eu a amava. Você não se importa comigo? – Eric disse, colocando o braço em volta dela e tentando atraí-la para si. Mas ela balançou a cabeça com tristeza e escreveu com os lábios comprimidos:

– Sim, eu amo você, mas nunca vou me casar com você, porque não posso falar.

– Oh, Kilmeny – disse Eric sorrindo, pois acreditou que sua vitória fora alcançada –, isso não faz nenhuma diferença para mim, você sabe que não, querida. Se você me ama, isso é suficiente.

Mas Kilmeny apenas balançou a cabeça novamente. Havia um olhar muito determinado em seu rosto pálido. Ela escreveu:

Kilmeny do pomar

– Não, não é suficiente. Seria um grande erro casar com você quando não posso falar, e não casarei porque o amo demais para fazer qualquer coisa que possa prejudicá-lo. Seu mundo acharia que você fez uma coisa muito tola e estaria certo. Já pensei nisso várias vezes desde que algo que tia Janet disse me fez entender, e sei que estou fazendo o correto. Lamento não ter entendido mais cedo, antes que você aprendesse a se importar tanto.

– Kilmeny, querida, você tem uma fantasia muito absurda nessa sua querida cabeça preta. Você não sabe que me deixará miseravelmente infeliz a vida inteira se não for minha esposa?

– Não, você pensa assim agora; e eu sei que você vai se sentir muito mal por um tempo. Então você irá embora e, depois de um tempo, vai me esquecer; e então verá que eu estava certa. Eu também ficarei muito infeliz, mas isso é melhor do que estragar sua vida. Não suplique nem tente me persuadir, porque eu não mudarei de ideia.

Eric suplicou e tentou persuadi-la, no entanto. A princípio pacientemente e sorrindo, como alguém poderia argumentar com uma querida criança tola; depois com veemência e seriedade aturdida, quando ele começou a perceber que Kilmeny falava sério. Foi tudo em vão. Kilmeny ficava cada vez mais pálida, e seus olhos revelavam quão profundamente ela estava sofrendo. Ela nem tentou argumentar com ele, apenas ouviu pacientemente e com tristeza e balançou a cabeça. O que quer que ele dissesse, suplicasse e implorasse, não conseguiu mudar nem um fio de cabelo da resolução dela.

No entanto, ele não se desesperou; ele não podia acreditar que ela iria se ater a tal resolução; ele tinha certeza de que o amor dela por ele acabaria vencendo e foi para casa não de todo infeliz, no fim das contas. Ele não entendeu que era a própria intensidade do amor dela que lhe dava forças para resistir ao seu pedido; uma afeição mais superficial poderia ter se rendido. Isso a impediu intrepidamente de fazer o que ela acreditava ser errado.

ALGO VELHO, INFELIZ E DISTANTE

No dia seguinte, Eric procurou Kilmeny novamente e renovou suas súplicas, mas novamente em vão. Nada do que ele pudesse dizer, nenhum argumento em que pudesse avançar era de alguma utilidade contra a triste determinação dela. Quando ele finalmente foi obrigado a perceber que a resolução dela não seria abalada, ele se desesperou com Janet Gordon. Janet ouviu sua história com preocupação e decepção claramente visíveis em seu rosto. Quando ele terminou, ela balançou a cabeça.

– Sinto muito, mestre. Não posso lhe dizer quanto eu sinto. Eu havia esperado algo muito diferente. *Esperado*! Eu havia *orado* por isso. Thomas e eu estamos envelhecendo e isso pesa na minha cabeça há anos: o que aconteceria a Kilmeny quando partíssemos. Desde que você chegou, eu esperava que ela tivesse um protetor em você. Mas se Kilmeny diz que não se casará com você, temo que ela se atenha a isso.

KILMENY DO POMAR

– Mas ela me ama – gritou o jovem –, e se você e o tio falarem com ela, a encorajarem, talvez vocês possam influenciá-la...

– Não, mestre, não adiantaria. Ah, nós falaremos, claro que sim, mas não vai adiantar nada. Kilmeny é tão determinada quanto sua mãe quando toma uma decisão. Ela sempre foi boa e obediente na maioria das vezes, mas uma ou duas vezes descobrimos que não há como fazê-la mudar de ideia se ela resolve alguma coisa. Quando sua mãe morreu, Thomas e eu queríamos levá-la à igreja. Não conseguimos persuadi-la a ir. Não sabíamos por que, então, mas agora acho que foi porque ela acreditava que era muito feia. É porque ela gosta tanto de você que não se casa com você. Ela tem medo que você venha a se arrepender de ter casado com uma garota muda. Talvez ela esteja certa, talvez ela esteja certa.

– Não posso desistir dela – disse Eric, obstinadamente. – Algo deve ser feito. Talvez seu distúrbio ainda possa ser remediado. Você já pensou nisso? Você nunca a examinou com um médico qualificado para se pronunciar sobre o caso dela?

– Não, mestre, nunca a levamos a ninguém. Quando começamos a temer que ela nunca fosse falar, Thomas queria levá-la a Charlottetown para examiná-la. Ele pensava muito na criança e se sentia péssimo com isso. Mas sua mãe não queria ouvir falar disso. Não adiantava tentar discutir com ela. Ela disse que não adiantaria, que era o pecado dela que recaía sobre sua filha e que nunca poderia ser desfeito.

– E você simplesmente cedeu a um capricho mórbido como esse? – perguntou Eric, impaciente.

– Mestre, você não conheceu minha irmã. Nós *tínhamos* que ceder, ninguém podia ir contra ela. Ela era uma mulher estranha, e uma mulher terrível em muitos aspectos, depois de seu problema. Tínhamos medo de contrariá-la por medo de que ela enlouquecesse.

– Mas você não poderia ter levado Kilmeny a um médico sem o conhecimento da mãe dela?

– Não, isso não era possível. Margaret nunca a deixava fora da vista, nem mesmo quando ela já era crescida. Além disso, para lhe dizer toda a verdade, mestre, não pensamos que seria muito útil tentar curar Kilmeny. *Foi* um pecado que a fez como ela é.

– Tia Janet, como você pode falar tal bobagem? Onde houve algum pecado? Sua irmã se considerava uma esposa legal. Se Ronald Fraser pensava o contrário, e não há provas disso, *ele* cometeu um pecado, mas você certamente não acredita que isso recaiu dessa maneira em sua filha inocente!

– Não, não estou dizendo isso, mestre. Não foi aí que Margaret errou; e embora eu nunca tenha gostado muito de Ronald Fraser, devo dizer isto em sua defesa: acredito que ele se considerava um homem livre quando se casou com Margaret. Não, é outra coisa, algo muito pior. Me arrepia sempre que penso nisso. Oh, mestre, o Bom Livro está certo quando diz que os pecados dos pais recaem sobre os filhos. Não há uma palavra mais verdadeira do que aquela do começo ao fim.

– O que, em nome do céu, é o significado de tudo isso? – exclamou Eric. – Diga-me de uma vez. Eu devo saber toda a verdade sobre Kilmeny. Não me atormente.

– Vou lhe contar a história, mestre, embora seja como abrir uma ferida antiga. Nenhuma pessoa viva sabe disso, exceto Thomas e eu. Quando você ouvir, entenderá por que Kilmeny não pode falar e por que não é provável que algo possa ser feito por ela. Ela não sabe a verdade, e você nunca deve contar a ela. Não é uma história adequada para os ouvidos dela, especialmente quando se trata de sua mãe. Prometa-me que você nunca dirá a ela, não importa o que possa acontecer.

– Prometo. Continue... continue – disse o jovem rapaz febrilmente.

Janet Gordon cerrou as mãos juntas no colo, como uma mulher que se irrita com uma tarefa odiosa. Ela pareceu muito velha; as linhas em seu rosto pareceram duplamente profundas e severas.

– Minha irmã Margaret era uma garota muito orgulhosa e espirituosa, mestre. Mas eu não gostaria que você pensasse que ela não era amável. Não, não, isso seria fazer uma grande injustiça a sua memória. Ela tinha seus defeitos, como todos nós temos; mas ela era brilhante, alegre e afetuosa. Todos nós a amávamos. Ela era a luz e a vida desta casa. Sim, mestre, antes do problema que lhe surgiu, Margaret era uma moça cativante, que cantava como uma cotovia da manhã até a noite. Talvez a tenhamos mimado um pouco, talvez tenhamos dado a ela muito do seu próprio jeito.

– Bem, mestre, você ouviu a história do casamento dela com Ronald Fraser e o que aconteceu depois, então não preciso entrar nesse detalhe. Eu conheço, ou costumava conhecer, Elizabeth Williamson bem, e sei que tudo o que ela disse a você seria a verdade e nada mais nem menos que a verdade.

– Nosso pai era um homem muito orgulhoso. Oh, mestre, se Margaret era muito orgulhosa, ela não adquiriu isso de nenhum estranho. E seu infortúnio cortou o coração dele. Ele não falou uma palavra conosco por mais de três dias depois que ouviu sobre isso. Ele sentava no canto, com a cabeça curvada e não tocava em um pedaço de comida ou no jantar. Ele não havia ficado muito entusiasmado por ela se casar com Ronald Fraser; e quando ela chegou em casa em desgraça, ela mal havia colocado os pés na soleira e ele já a repreendeu. Oh, eu posso vê-la ali na porta neste exato momento, mestre, pálida e trêmula, agarrada ao braço de Thomas, com os grandes olhos alternando de tristeza e vergonha para cólera. Aconteceu ao pôr do sol, e um raio vermelho entrou pela janela e caiu sobre seu peito como uma mancha de sangue.

– O pai a chamou de um nome cruel, mestre. Oh, ele foi muito duro, mesmo sendo meu pai, devo dizer que ele foi muito cruel, de coração partido como ela estava e culpada de nada mais, afinal de contas, do que de um pouco de voluntariedade na questão de seu casamento.

– E o pai lamentou por isso, oh, mestre, a palavra não saiu de sua boca antes que ele lamentasse. Mas o dano estava feito. Oh, eu nunca esquecerei o rosto de Margaret, mestre! Ainda me assombra no escuro da noite. Estava repleto de raiva, revolta e ressentimento. Mas ela nunca lhe respondeu de volta. Ela apertou as próprias mãos e foi até seu antigo quarto sem dizer uma palavra, todos aqueles sentimentos loucos surgindo em sua alma e sendo impedidos de falar por sua pura e obstinada vontade. E, mestre, Margaret nunca disse uma palavra daquele dia até o nascimento de Kilmeny, nenhuma palavra, mestre. Nada que pudéssemos fazer por ela a abrandou. E éramos amáveis com ela, mestre, e gentis, e nunca a reprovávamos com um olhar. Mas ela não falava com ninguém. Ela apenas ficava sentada em seu quarto a maior parte do tempo e encarava a parede com olhos terríveis. O pai implorou para ela falar e perdoá-lo, mas ela nunca deu nenhum sinal de que o ouviu.

– Ainda não cheguei ao pior, mestre. O pai adoeceu e foi para a cama. Margaret não ia vê-lo. Então, uma noite, Thomas e eu o estávamos assistindo; eram cerca de onze horas. De repente, ele disse: "Janet, suba e diga à moça", ele sempre chamava Margaret assim, era um tipo de apelido que ele tinha para ela, "que eu estou morrendo e peça que ela desça e fale comigo antes que eu vá".

– Mestre, eu fui. Margaret estava sentada em seu quarto sozinha no frio e no escuro, olhando fixamente para a parede. Eu disse a ela o que nosso pai havia dito. Ela nem sequer deixou transparecer que me ouviu. Eu implorei e chorei, mestre. Fiz o que nunca havia feito a nenhuma criatura humana: ajoelhei-me e supliquei, como quem espera por misericórdia, para ela descer e ver nosso pai moribundo. Mestre, ela não o fez! Ela nem sequer se mexeu ou olhou para mim. Eu tive que me levantar e descer as escadas e dizer ao velho que ela não iria.

Janet Gordon levantou as mãos e as juntou em sua agonia pela lembrança daquele dia.

– Quando eu disse ao pai, ele apenas disse, oh, tão gentilmente, "Pobre moça, eu fui muito duro com ela. Ela não é culpada. Mas não posso ir encontrar a mãe dela até que nossa pequena garota me perdoe pelo nome que eu a chamei. Thomas, ajude-me a levantar. Como ela não vem até mim, eu devo ir até ela".

– Não havia como contrariá-lo, ele sabia disso. Ele se levantou de seu leito de morte e Thomas o ajudou a entrar no corredor e subir as escadas. Fui atrás deles com a vela. Oh, mestre, nunca me esquecerei disso: as terríveis sombras e o vento da tempestade uivando lá fora, e o suspiro ofegante do pai. Mas o levamos ao quarto de Margaret e ele ficou diante dela, tremendo, com os cabelos brancos caindo sobre o rosto afundado. Ele rogou a Margaret que o perdoasse, perdoasse e lhe falasse apenas uma palavra antes que ele fosse encontrar a mãe dela. Mestre – a voz de Janet se elevou quase a um grito –, ela não falou, ela não falou! E, no entanto, ela *queria* falar, depois ela me confessou que queria falar. Mas sua teimosia não a deixava. Era como se um poder maligno a houvesse agarrado e não a soltava. O pai poderia muito bem ter implorado com uma imagem esculpida. Oh, foi difícil e terrível! Ela viu o pai morrer e nunca lhe falou a palavra que ele rogou que ela lhe falasse. *Esse* foi o pecado dela, mestre; e por esse pecado a maldição caiu sobre sua filha ainda não nascida. Quando o pai entendeu que ela não falaria, ele fechou os olhos e teria caído se Thomas não o pegasse.

"Oh, moça, você é uma mulher difícil", foi tudo o que ele disse. E foram suas últimas palavras. Thomas e eu o carregamos de volta para seu quarto, mas o fôlego foi embora antes mesmo de chegarmos lá.

– Bem, mestre, Kilmeny nasceu um mês depois, e quando Margaret sentiu seu bebê no peito, a coisa maligna que mantinha sua alma em escravidão perdeu o poder. Ela falou, chorou e voltou a ser ela mesma. Oh, como ela chorou! Ela nos implorou para perdoá-la e nós a perdoamos plenamente. Mas aquele contra quem ela havia pecado mais penosamente se fora e nenhuma palavra de perdão dela pôde chegar até a sepultura. Minha pobre irmã nunca mais conheceu a paz de consciência, mestre. Mas ela foi gentil, amável e humilde até... até que começou a temer que Kilmeny nunca falasse. Pensamos então que ela ficaria louca. De fato, mestre, ela nunca mais esteve muito bem.

– Mas essa é a história, e eu sou uma mulher agradecida por sua narrativa estar contada. Kilmeny não pode falar porque sua mãe não conseguiu falar.

Eric ouvira com um horror sombrio em sua face a horripilante narrativa. A tragédia o estarreceu; a tragédia daquela lei impiedosa, a coisa mais cruel e misteriosa do universo de Deus, que ordena que o pecado dos culpados recairá sobre os inocentes. Lutando contra isso como ele faria, invadiu seu coração a miserável convicção de que o caso de Kilmeny estava realmente fora do alcance de qualquer habilidade humana.

– É uma história terrível – disse ele, mal-humorado, levantando-se e andando inquietamente de um lado para o outro na velha cozinha escura sombreada pelos abetos, onde eles estavam. – E se é verdade que o silêncio voluntário de sua mãe causou a mudez de Kilmeny, temo, como você diz, que não possamos ajudá-la. Mas você pode estar enganada. Pode não ter sido nada além de uma estranha coincidência. Possivelmente algo pode ser feito por ela. De qualquer forma, devemos tentar. Eu tenho um amigo no Queenslea que é médico. O nome dele é David Baker, um especialista muito habilidoso em garganta e voz. Quero que ele venha aqui e examine Kilmeny.

– Vá em frente – concordou Janet, no tom desesperançado que ela poderia ter usado para lhe dar permissão para tentar qualquer coisa que fosse impossível.

– Será necessário dizer ao doutor Baker por que Kilmeny não pode falar, ou por que você acha que ela não pode.

O rosto de Janet se contraiu.

– É necessário, mestre? Oh, é uma história um tanto amarga para contar a um estranho.

– Não tenha medo. Não direi a ele nada que não seja estritamente necessário ao seu entendimento adequado do caso. Será o suficiente

Kilmeny do pomar

dizer que Kilmeny pode ser muda porque, durante vários meses antes de seu nascimento, a mente de sua mãe estava em uma condição muito mórbida e ela preservou um silêncio obstinado e ininterrupto por causa de certo ressentimento pessoal amargo.

– Bem, faça o que achar melhor, mestre.

Janet claramente não acreditava na possibilidade de qualquer coisa ser feita por Kilmeny. Mas um brilho rosado de esperança lampejou no rosto de Kilmeny quando Eric lhe disse o que pretendia fazer.

– Oh, você acha que ele pode me fazer falar? – ela escreveu, ansiosa pela resposta.

– Eu não sei, Kilmeny. Espero que ele possa, e sei que ele fará tudo o que a habilidade mortal pode fazer. Se ele conseguir remover seu distúrbio, você promete se casar comigo, querida?

Ela fez que sim com a cabeça. O pequeno movimento sério teve a solenidade de uma promessa sagrada.

– Sim – ela escreveu –, quando eu puder falar como outras mulheres, casarei com você.

A OPINIÃO DE DAVID BAKER

Na semana seguinte, David Baker foi a Lindsay. Ele chegou à tarde, quando Eric estava na escola. Quando este chegou em casa, descobriu que David, no período de uma hora, capturara o coração da senhora Williamson, infiltrara-se nas boas graças de Timothy e tornara-se um camarada amistoso e entusiasmado do velho Robert. Mas ele olhou com curiosidade para Eric quando os dois jovens se encontraram sozinhos na sala do andar de cima.

– Agora, Eric, quero saber do que se trata tudo isso. Em que enrascada você se meteu? Você me escreve uma carta suplicando em nome da amizade que eu venha até você imediatamente. Por isso, eu vim depressa. Você parece estar em excelente saúde. Explique por que você me atraiu para cá.

– Quero que você me faça um serviço que só você pode fazer, David – disse Eric calmamente. – Eu não queria entrar em detalhes por carta.

KILMENY DO POMAR

Encontrei em Lindsay uma jovem a quem aprendi a amar. Pedi que ela se casasse comigo, mas, embora ela goste de mim, recusa-se a casar porque é muda. Eu gostaria que você a examinasse e descobrisse a causa de seu problema e se ele pode ser curado. Ela pode ouvir perfeitamente e todas as outras faculdades são totalmente normais. Para que você possa entender melhor o caso, devo lhe contar os principais fatos da história dela.

Eric passou a contar. David Baker ouviu com muita atenção, seus olhos fixos no rosto do amigo. Ele não traiu a surpresa e a consternação que sentiu ao saber que Eric se apaixonara por uma garota muda de antecedentes duvidosos; e o caso estranho atraiu seu interesse profissional. Quando ouviu a história toda, ele enfiou as mãos nos bolsos e andou a passos largos pela sala de um lado para o outro, várias vezes, em silêncio. Finalmente parou diante de Eric.

– Então você fez o que eu pressenti o tempo todo que você faria: deixou seu bom senso para trás quando foi fazer a corte.

– Se eu deixei – disse Eric calmamente –, trouxe comigo algo melhor e mais nobre que o bom senso.

David encolheu os ombros.

– Você terá muito trabalho para me convencer disso, Eric.

– Não, não vai ser difícil. Tenho um argumento que o convencerá rapidamente, e é a própria Kilmeny Gordon. Mas não discutiremos a questão da minha prudência ou a falta dela agora. O que eu quero saber é isso: o que você acha do caso como eu o declarei?

David franziu o cenho, pensativo.

– Mal sei o que pensar. É muito curioso e incomum, mas não é totalmente sem precedentes. Houve casos registrados em que influências pré-natais produziram resultado semelhante. Agora não me lembro se alguma vez algum teve cura. Bem, vou ver se algo pode ser feito por essa garota. Não posso expressar mais nenhuma opinião até que eu a tenha examinado completamente.

Na manhã seguinte, Eric levou David até a propriedade dos Gordon. Conforme eles se aproximavam do velho pomar, um acorde de música veio flutuando através das arcadas matinais resinosas do bosque de abeto; um choro selvagem, pesaroso e comovente, cheio de um sentimento de tristeza indescritível, mas maravilhosamente doce.

– O que é isso? – exclamou David, sobressaltado.

– Isso é Kilmeny tocando o violino dela – respondeu Eric. – Ela tem um grande talento nesse sentido e improvisa melodias maravilhosas.

Quando chegaram ao pomar, Kilmeny levantou-se do velho banco para encontrá-los, seus adoráveis olhos luminosos se dilataram, seu rosto corou com a excitação da esperança e do medo misturados.

– Oh, deuses! – murmurou David, impotente.

Ele não conseguiu esconder seu assombro, e Eric sorriu ao vê-lo. Eric não deixara de perceber que seu amigo, até agora, o considerava pouco mais que um lunático.

– Kilmeny, este é meu amigo, o doutor Baker – disse ele.

Kilmeny estendeu a mão com um sorriso. Sua beleza, enquanto ela estava parada ali sob o sol fresco da manhã, ao lado de um grupo de lírios, era algo para tirar o fôlego de um homem. David, que de maneira alguma tinha falta de confiança e geralmente tinha uma língua pronta quando se referia a mulheres, achou-se mudo e desajeitado como um garoto de escola quando se curvou sobre a mão dela.

Mas Kilmeny estava encantadoramente à vontade. Não havia um traço de embaraço em sua maneira, embora houvesse uma considerável timidez. Eric sorriu quando se lembrou de *seu* primeiro encontro com ela. De repente, ele percebeu quão longe Kilmeny tinha chegado desde então e quanto ela havia se desenvolvido.

Com um pequeno gesto de convite, Kilmeny abriu o caminho pelo pomar até a trilha de cerejeira silvestre, e os dois homens a seguiram.

– Eric, ela é simplesmente indescritível! – disse David em voz baixa. – Ontem à noite, para lhe dizer a verdade, eu tinha uma opinião

Kilmeny do pomar

bastante insatisfatória sobre sua sanidade. Mas agora estou consumido por uma inveja feroz. Ela é a criatura mais linda que já vi.

Eric apresentou David aos Gordon e depois se apressou para sua escola. No caminho da rua dos Gordon, encontrou Neil e ficou meio assustado com o brilho de ódio nos olhos do garoto italiano. Compaixão sucedeu o alarme momentâneo. O rosto de Neil havia se tornado magro e abatido; seus olhos estavam afundados e febrilmente brilhantes; ele parecia anos mais velho do que no dia em que Eric o vira pela primeira vez na cavidade do riacho.

Impelido por um repentino impulso compassivo, Eric parou e estendeu a mão.

– Neil, não podemos ser amigos? – ele disse. – Sinto muito se eu tenho sido a causa de sua dor.

– Amigos! Jamais! – disse Neil acaloradamente. – Você tirou Kilmeny de mim. Eu sempre odiarei você. E eu ainda pegarei você.

Ele caminhou a passos largos ferozmente pela trilha, e Eric, com um encolher de ombros, seguiu seu caminho, afastando o encontro de sua mente.

O dia parecia interminavelmente longo para ele. David não havia voltado quando foi para casa jantar, mas quando foi para seu quarto à noite, encontrou seu amigo ali, olhando pela janela.

– Bem – ele disse, impacientemente, enquanto David se virava, mas ainda mantinha o silêncio –, o que você tem a me dizer? Não me deixe mais em suspense, David. Eu suportei tudo o que posso. Hoje parecem mil anos. Você descobriu qual é o problema com Kilmeny?

– Não há nenhum problema com ela – respondeu David lentamente, atirando-se em uma cadeira perto da janela.

– O que você quer dizer?

– Exatamente o que eu digo. Seus órgãos vocais são todos perfeitos. No que diz respeito a eles, não há absolutamente nenhuma razão para que ela não possa falar.

– Então por que ela não consegue falar? Você acha... você acha...

– Acho que não posso expressar minha conclusão com palavras melhores do que Janet Gordon usou quando ela disse que Kilmeny não pode falar porque a mãe dela não falava. Isso é tudo o que há. O problema é psicológico, não físico. A habilidade médica é impotente diante dele. Existem homens melhores que eu em minha profissão, mas acredito sinceramente, Eric, que se você os consultasse, eles diriam exatamente o que eu lhe disse, nem mais nem menos.

– Então não há esperança – disse Eric em um tom de desespero. – Você não pode fazer nada por ela?

David pegou do encosto da cadeira um pano de crochê com um leão implacável no centro e o colocou sobre o joelho.

– Não posso fazer nada por ela – disse ele, franzindo a testa diante daquela obra de arte. – Não acredito que nenhum homem vivo possa fazer algo por ela. Mas não digo "exatamente" que não há esperança.

– Vamos, David, não estou com disposição para decifrar enigmas. Fale claramente, homem, e não me atormente.

David franziu a testa de maneira duvidosa e enfiou o dedo no buraco que representava o olho do rei dos animais.

– Não sei se posso deixar claro para você. Não é muito claro para mim. E é apenas uma teoria vaga minha, é claro. Não posso comprovar isso por nenhum fato. Em suma, Eric, acho que é possível que Kilmeny possa falar algum dia, se ela quiser muito.

– Quiser! Ora, ela quer tanto quanto é possível que alguém queira alguma coisa. Ela me ama de todo o coração e não se casará comigo porque não pode falar. Você não acha que uma garota sob tais circunstâncias iria "querer" falar o máximo que alguém pudesse?

– Sim, mas não quero dizer esse tipo de desejo, por mais forte que seja. O que quero dizer é... uma repentina, veemente, apaixonada irrupção de desejo, física, psíquica, mental, tudo em um, suficientemente poderosa para despedaçar os grilhões invisíveis que mantêm sua fala em cativeiro. Se surgir alguma ocasião para evocar tal desejo, acredito que Kilmeny falaria; e depois de ter falado uma vez, a partir de então seria normal que ela falasse... sim, se ela falasse apenas uma palavra.

– Tudo isso me parece uma grande bobagem – disse Eric, inquieto. – Suponho que você tenha uma ideia do que está falando, mas eu não. E, de qualquer forma, praticamente significa que não há esperança para ela, ou para mim. Mesmo que sua teoria esteja correta, não é provável que tal ocasião, como você fala, venha a surgir. E Kilmeny nunca se casará comigo.

– Não desista tão facilmente, velho companheiro. *Houve* casos registrados em que as mulheres mudaram de ideia.

– Não mulheres como Kilmeny – disse Eric miseravelmente. – Eu lhe digo que ela tem toda a vontade inabalável de sua mãe e tenacidade de propósito, embora esteja livre de qualquer mancha de orgulho ou egoísmo. Agradeço sua simpatia e interesse, David. Você fez tudo o que pôde, mas, céus, o que teria significado para mim se você pudesse tê-la ajudado!

Com um gemido, Eric se jogou em uma cadeira e enterrou o rosto nas mãos. Foi um momento em que se agarrou a ele toda a amargura da morte. Ele pensara estar preparado para a decepção; ele não sabia quão forte sua esperança realmente era até que essa esperança lhe foi totalmente tirada.

David, com um suspiro, devolveu o pano de crochê cuidadosamente ao seu lugar nas costas da cadeira.

– Eric, ontem à noite, para ser sincero, pensei que, se eu descobrisse que não poderia ajudar essa garota, seria a melhor coisa que poderia lhe acontecer, no que lhe diz respeito. Mas desde que a vi, bem, eu daria minha mão direita se eu pudesse fazer algo por ela. Ela é a esposa para você, se pudermos fazê-la falar; sim, e pela memória de sua mãe – David bateu o punho no parapeito da janela com uma força que sacudiu o batente – ela é a esposa para você, falando ou não, se apenas pudéssemos convencê-la disso.

– Ela não pode ser convencida disso. Não, David, eu a perdi. Você contou a ela o que me contou?

– Eu disse a ela que não poderia ajudá-la. Eu não disse nada a ela sobre minha teoria, isso não teria sido bom.

– Como ela reagiu?

– Muito corajosa e silenciosamente, "como uma dama encantadora". Mas o olhar nos olhos dela, Eric, senti como se eu tivesse assassinado alguma coisa. Ela me deu adeus com um sorriso comovente e subiu as escadas. Eu não a vi novamente, embora tenha ficado para jantar a pedido de seu tio. Aqueles velhos Gordon são um casal estranho. Eu gostei deles, no entanto. Eles são fortes e convictos, bons amigos, inimigos amargos. Eles lamentaram que eu não pudesse ajudar Kilmeny, mas vi claramente que o velho Thomas Gordon achou que eu estava me intrometendo na predestinação ao tentar fazê-lo.

Eric sorriu mecanicamente.

– Eu preciso ir até lá e ver Kilmeny. Você vai me dar licença, não é, David? Meus livros estão aí, fique à vontade.

Mas quando Eric chegou à casa dos Gordon, viu apenas a velha Janet, que lhe disse que Kilmeny estava no quarto dela e se recusava a vê-lo.

– Ela achou que você viria e deixou isso comigo para lhe dar, mestre.

Janet entregou-lhe um pequeno bilhete. Era muito breve e borrado de lágrimas.

"Não venha mais, Eric", ele dizia. "Eu não devo te ver, porque isso só tornaria mais difícil para nós dois. Você deve ir embora e me esquecer. Você será grato por isso algum dia. Eu sempre o amarei e orarei por você. Kilmeny."

– Eu *preciso* vê-la – disse Eric desesperadamente. – Tia Janet, seja minha amiga. Diga-lhe que ela deve me ver por um tempo, pelo menos.

KILMENY DO POMAR

Janet balançou a cabeça, mas subiu as escadas. Ela logo retornou.

– Ela diz que não pode descer. Você sabe que ela fala sério, mestre, e não adianta tentar convencê-la. E devo dizer que acho que ela está certa. Como ela não vai se casar com você, é melhor que não o veja.

Eric foi obrigado a ir para casa sem nenhum conforto melhor do que isso. De manhã, como era domingo, ele levou David Baker para a estação. Ele não havia dormido, e parecia tão infeliz e imprudente que David se sentiu ansioso quanto a ele. David teria ficado em Lindsay por alguns dias, mas um certo caso crítico no Queenslea exigiu seu rápido retorno. Ele apertou a mão de Eric na plataforma da estação.

– Eric, desista da escola e volte para casa imediatamente. Você não pode fazer nada de bom em Lindsay agora, e só vai desperdiçar sua vida aqui nesse lugar.

– Preciso ver Kilmeny mais uma vez antes de partir – foi a resposta de Eric.

Naquela tarde, ele foi novamente para a propriedade dos Gordon. Mas o resultado foi o mesmo: Kilmeny recusou-se a vê-lo, e Thomas Gordon disse seriamente:

– Mestre, você sabe que eu gosto de você e lamento que Kilmeny pense assim, embora talvez ela esteja certa. Eu ficaria feliz em vê-lo com frequência por sua própria causa e sentirei sua falta; mas, como as coisas estão, digo francamente que seria melhor se você não viesse mais aqui. Não vai adiantar, e quanto mais cedo você e ela deixarem de pensar um no outro, melhor para os dois. Vá agora, rapaz, e Deus abençoe você.

– Você sabe o que está me pedindo? – disse Eric com a voz rouca.

– Eu sei que estou pedindo uma coisa difícil para o seu próprio bem, mestre. Não é provável que Kilmeny mude de ideia. Tivemos alguma experiência com a vontade de uma mulher antes disso. Janet, mulher, não fique chorando. Vocês mulheres são criaturas tolas. Você acha que as lágrimas podem lavar tais coisas? Não, elas não podem apagar o pecado ou as consequências do pecado. É horrível como um pecado pode se espalhar e se expandir, até corroer vidas inocentes, às vezes muito tempo depois que o próprio pecador se foi. Mestre, se você seguir meu conselho, desistirá da escola de Lindsay e voltará para o seu mundo assim que possível.

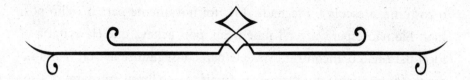

UM GRILHÃO QUEBRADO

Eric voltou para casa com o rosto branco e abatido. Ele nunca pensou que era possível que um homem sofresse como ele sofria naquele momento. O que ele deveria fazer? Parecia impossível continuar com a vida, *não* havia vida separado de Kilmeny. A angústia torceu sua alma até que sua força se afastou de sua juventude e a esperança se transformou em fel e amargura em seu coração.

Depois disso, ele nunca poderia dizer como viveu o domingo seguinte ou como lecionou na escola como de costume na segunda-feira. Descobriu quanto um homem pode sofrer e continuar vivendo e trabalhando. Seu corpo lhe parecia um autômato que se movia e falava mecanicamente, enquanto seu espírito torturado, reprimido por dentro, suportava a dor que deixava sua impressão nele para sempre. Daquela fornalha ardente de agonia, Eric Marshall saíra um homem que deixara a juventude para trás e contemplava a vida com olhos que enxergavam dentro e fora dela.

Na terça-feira à tarde, houve um funeral no distrito e, de acordo com o costume, a escola foi fechada. Eric foi novamente para o velho pomar. Ele não esperava ver Kilmeny ali, pois achava que ela evitaria o local para não o encontrar. Mas ele não conseguiu se afastar, embora o pensamento fosse um tormento a mais, e ele vibrou entre um desejo selvagem de nunca mais ver o pomar e uma pergunta doentia sobre como poderia ir embora e deixá-lo, aquele estranho velho pomar onde ele conheceu e conquistou sua namorada, observando-a se desenvolver e florescer sob seus olhos, como alguma flor rara, até que, no período de três curtos meses, ela passou da infância requintada para uma feminilidade ainda mais requintada.

Ao atravessar o campo de pastagem antes do bosque de abeto, encontrou Neil Gordon construindo uma cerca mais longa. Neil não ergueu os olhos quando Eric passou, mas continuou a cravar as estacas de mau humor. Antes disso, Eric tinha pena de Neil; agora ele estava consciente de sentir simpatia por ele. Neil havia sofrido como ele estava sofrendo? Eric havia entrado em uma nova irmandade na qual o passaporte era doloroso.

O pomar estava muito silencioso e onírico sob o sol denso e profundo da tarde de setembro, um sol que parecia possuir o poder de extrair a essência de todos os odores que o verão havia armazenado no bosque e no campo. Havia poucas flores agora; muitos dos lírios, que o envolveram tão bravamente ao longo do caminho central alguns dias antes, estavam murchos. A grama tornara-se esfarrapada, árida e descuidada. Nos cantos, porém, as tochas dos solidagos[12] reluziam e alguns ásteres roxos enevoados balançavam aqui e ali. O pomar mantinha uma atratividade estranha própria, assim como algumas mulheres com juventude longa ainda preservam uma atmosfera de beleza guardada e um charme inato e indestrutível.

---

12 No original, *goldenrod*, gênero botânico pertencente à família *Asteraceae*. (N.T.)

KILMENY DO POMAR

Eric caminhou de maneira monótona e desatenta por ele, e finalmente sentou-se em um painel de cerca meio caído à sombra dos galhos salientes dos abetos. Lá ele se entregou a um devaneio, pungente e amargo, no qual viveu novamente tudo o que havia passado no pomar desde seu primeiro encontro ali com Kilmeny.

Tão profunda era sua abstração que ele não tinha consciência de nada ao seu redor. Ele não ouviu passos furtivos atrás dele no sombrio bosque de abetos. Ele nem viu Kilmeny enquanto ela se aproximava lentamente da curva da trilha de cerejeira silvestre.

Kilmeny havia procurado o velho pomar para curar seu coração partido, se a cura fosse possível para ela. Ela não tinha medo de encontrar Eric lá àquela hora do dia, pois não sabia que era costume do distrito fechar a escola para um funeral. Ela nunca teria ido lá à noite, mas ansiava por isso continuamente; o pomar e suas memórias eram tudo o que lhe restavam agora.

Os anos pareciam ter passado pela garota naqueles poucos dias. Ela bebera da dor e partira o pão com tristeza. Seu rosto estava pálido e tenso, com sombras azuladas e transparentes sob seus grandes olhos melancólicos, dos quais o sonho e o riso da infância haviam desaparecido, mas dentro dos quais surgira o potente encanto da dor e da paciência. Thomas Gordon balançara sua cabeça com um pressentimento quando a olhara naquela manhã na mesa do café.

"Ela não aguenta mais", ele pensou. "Ela não anseia mais por este mundo. Talvez isso tudo seja o melhor, pobre moça. Mas eu gostaria que o jovem mestre nunca tivesse posto os pés no pomar dos Connors ou nesta casa. Margaret, Margaret, é cruel que sua filha tenha de pagar a conta por um pecado que foi cometido antes do nascimento dela."

Kilmeny atravessou a trilha lenta e distraidamente, como uma mulher em um sonho. Quando ela chegou à abertura na cerca onde a trilha corria para o pomar, ela ergueu seu rosto pálido e cabisbaixo e viu Eric, sentado na sombra do bosque do outro lado do pomar, com a cabeça inclinada em suas mãos. Ela parou rapidamente, e o sangue correu freneticamente por seu rosto.

No momento seguinte, o fluxo diminuiu, deixando-a branca como mármore. O horror encheu seus olhos, um horror vazio e mortal, como se a sombra lívida de uma nuvem pudesse encher duas poças azuis.

Atrás de Eric, Neil Gordon estava tenso, agachado, assassino. Mesmo àquela distância, Kilmeny viu o olhar em seu rosto, viu o que ele segurava na mão e percebeu em um lampejo agonizado de compreensão o que aquilo significava.

Tudo isso se fotografou em seu cérebro em um instante. Ela sabia que quando ela conseguisse atravessar o pomar para avisar Eric com um toque, seria tarde demais. No entanto, ela devia avisá-lo, ela *devia*, ela *devia*! Uma poderosa onda de desejo pareceu surgir dentro dela e a inundar como uma onda do mar, uma onda que varria tudo à sua frente em um dilúvio incontrolável. Quando Neil Gordon, rápida e vingativamente, com o rosto de um demônio, ergueu o machado que segurava na mão, Kilmeny saltou para a frente no meio da abertura.

– *Eric, Eric, olhe atrás de você, olhe atrás de você!*

Eric sobressaltou-se, confuso, atordoado, quando a voz veio gritando através do pomar. Ele nem ao menos percebeu que era Kilmeny quem o chamava, mas instintivamente obedeceu à ordem.

Ele virou-se e viu Neil Gordon, que estava olhando não para ele, mas além dele, para Kilmeny. O rosto do garoto italiano estava pálido e seus olhos estavam repletos de terror e incredulidade, como se ele tivesse sido impedido de seu propósito assassino por alguma interposição sobrenatural. O machado, deitado a seus pés, onde ele o deixou cair em sua indizível consternação ao ouvir o grito de Kilmeny, contou a história toda. Mas antes que Eric pudesse pronunciar uma palavra, Neil se virou, com um grito mais parecido com o de um animal do que de

KILMENY DO POMAR

um ser humano, e fugiu como uma criatura caçada para a sombra do bosque de abeto.

Um momento depois, Kilmeny, com seu rosto encantador molhado de lágrimas e iluminado de sorrisos, atirou-se no peito de Eric.

– Oh, Eric, eu posso falar, eu posso falar! Oh, é tão maravilhoso! Eric, eu amo você, eu amo você!

NEIL GORDON RESOLVE SEU PROBLEMA

– É um milagre! – disse Thomas Gordon em um tom impressionado. Era a primeira vez que ele falava desde que Eric e Kilmeny entraram correndo, de mãos dadas, como duas crianças intoxicadas de alegria e maravilhadas, e juntos contaram em voz entrecortada a história para ele e Janet.

– Ah, não, é muito maravilhoso, mas não é um milagre – disse Eric. – David me disse que isso poderia acontecer. Eu não tinha esperança de que acontecesse. Ele poderia explicar tudo para vocês se estivesse aqui.

Thomas Gordon balançou a cabeça.

– Duvido que ele pudesse, mestre, ele ou qualquer outra pessoa. É quase o suficiente para ser um milagre para mim. Vamos agradecer a Deus com reverência e humildade por ele ter achado conveniente remover sua maldição dos inocentes. Seus médicos podem explicar o que quiserem, rapaz, mas acho que eles não vão se aproximar muito disso.

KILMENY DO POMAR

É impressionante, é isso o que é. Janet, mulher, sinto como se eu estivesse em um sonho. Kilmeny pode realmente falar?

– De fato, posso, tio – disse Kilmeny, com uma olhadela extasiada para Eric. – Oh, eu não sei como me ocorreu, eu senti que *precisava* falar... e falei. E é tão fácil agora, parece-me que eu sempre poderia ter feito isso.

Ela falava natural e facilmente. A única dificuldade que ela parecia experimentar estava na modulação adequada de sua voz. Ocasionalmente, o tom era muito alto, e outras vezes muito baixo. Mas era evidente que ela logo iria adquirir o controle perfeito de sua voz. Era uma voz bonita; muito clara, suave e musical.

– Oh, estou tão feliz que a primeira palavra que eu falei foi seu nome, querido – ela murmurou para Eric.

– E o Neil? – perguntou Thomas Gordon, de maneira grave, despertando com um esforço de seu estado maravilhado. – O que devemos fazer quando ele voltar? De certa forma, este é um assunto triste.

Eric quase se esqueceu de Neil em seu incontrolável deslumbramento e alegria. A consciência de sua fuga da morte súbita e violenta ainda não tivera oportunidade de tomar posse de seus pensamentos.

– Nós devemos perdoá-lo, senhor Gordon. Eu sei como eu deveria me sentir em relação a um homem que tirasse Kilmeny de mim. Foi um impulso maligno ao qual ele cedeu em seu sofrimento, e pense no bem que resultou dele.

– Isso é verdade, mestre, mas não altera o terrível fato de que o garoto tinha um assassino em seu coração, que ele teria matado você. Uma providência dominante o salvou da real incumbência do crime e trouxe o bem do mal; mas ele é culpado em pensamento e propósito. E nós cuidamos dele e o instruímos como se ele fosse um de nós; com todos os seus defeitos, nós o amamos! É algo difícil e não vejo o que devemos fazer. Não podemos agir como se nada tivesse acontecido. Nunca mais poderemos confiar nele.

Mas Neil Gordon resolveu o problema ele mesmo. Quando Eric retornou naquela noite, encontrou o velho Robert Williamson na despensa se regalando com um lanche de pão e queijo depois de uma viagem à estação. Timothy sentou-se no aparador em um veludo preto e concentrou-se seriamente nas várias guloseimas que apareceram em seu caminho.

– Boa noite, mestre. Fico feliz em ver que você está mais parecido com si mesmo. Eu disse à esposa que era apenas uma briga de namorados. Ela tem se preocupado com você, mas não quis lhe perguntar qual era o problema. Ela não é uma daquelas pessoas desafortunadas que não conseguem ser felizes sem estarem sempre metendo o nariz nos assuntos de outras pessoas. Mas que tipo de confusão aconteceu na casa dos Gordon hoje à noite, mestre?

Eric pareceu surpreso. O que Robert Williamson poderia ter ouvido tão cedo?

– O que você quer dizer? – ele perguntou.

– Ora, nós, o pessoal da estação, soubemos que devia ter acontecido alguma coisa quando Neil Gordon partiu na excursão da colheita do jeito que ele fez.

– Neil partiu! Na excursão da colheita! – exclamou Eric.

– Sim, senhor! Você sabe que esta era a noite em que o trem de excursão partiria. Eles cruzam o barco esta noite, viagem especial. Havia mais ou menos uma dúzia de camaradas da vizinhança partindo. Estávamos todos parados conversando quando Lincoln Frame veio acelerando a toda velocidade e Neil saltou de sua sela. Ele apenas entrou como um raio na bilheteria, pegou sua passagem e saiu de novo, e entrou no trem sem dizer uma palavra a ninguém, e com uma aparência tão negra quanto o próprio Old Scratch[13]. Ficamos surpresos demais para falar até que ele tivesse partido. Lincoln não pôde nos dar muita informação.

---

13 Apelido ou pseudônimo para o Diabo. (N.T.)

KILMENY DO POMAR

Ele disse que Neil correra para a casa deles ao escurecer, como se a polícia estivesse atrás dele, e se ofereceu para vender aquela potranca preta dele por sessenta dólares se Lincoln o levasse à estação a tempo de pegar o trem da excursão. A potranca era de Neil, e Lincoln estava querendo comprá-la, mas Neil nunca quis ouvir isso antes. Lincoln aproveitou a chance. Neil havia levado a potranca consigo, e Lincoln logo a atrelou e o levou para a estação. Neil não tinha bagagem de nenhum tipo e não abriu a boca o caminho todo, disse Lincoln. Concluímos que ele e o velho Thomas devem ter tido uma briga. Você sabe alguma coisa sobre isso? Ou você estava tão envolvido com seu namoro que não ouviu ou viu mais nada?

Eric refletiu rapidamente. Ele estava muito aliviado por descobrir que Neil havia partido. Ele nunca voltaria e isso era melhor para todos os envolvidos. Ao velho Robert deveria ser contada uma parte da verdade, pelo menos, pois logo se tornaria conhecido que Kilmeny podia falar.

– Houve um problema na casa dos Gordon esta noite, senhor Williamson – disse ele em voz baixa. – Neil Gordon se comportou muito mal e assustou Kilmeny terrivelmente, tão terrivelmente que algo muito surpreendente aconteceu. Ela se descobriu capaz de falar e pode falar perfeitamente.

O velho Robert pousou o pedaço de queijo que estava levando à boca na ponta de uma faca e fitou Eric branco de espanto.

– Deus abençoe minha alma, mestre, que coisa extraordinária! – ele proferiu com veemência. – Você está falando sério? Ou você está tentando ver quanto de idiota você pode fazer do velho?

– Não, senhor Williamson, garanto-lhe que não é mais do que a simples verdade. O doutor Baker me disse que um choque poderia curá-la, e a curou. Quanto a Neil, ele se foi, sem dúvida para sempre, e acho que fez bem em partir.

Não se importando em discutir mais o assunto, Eric deixou a cozinha. Mas, enquanto subia as escadas do quarto, ele ouviu o velho Robert murmurando, como um homem em uma perplexidade desesperançada:

– Bem, nunca ouvi nada assim em toda a minha vida, nunca, nunca. Timothy, *você* já ouviu algo assim? Esses Gordon são um bando de irresponsáveis e não há erro. Eles não poderiam agir como outras pessoas se tentassem. Tenho que acordar a mãe e contar a ela sobre isso, ou jamais conseguirei dormir.

VENCEDOR DE QUESTÕES PERDIDAS

Agora que tudo estava resolvido, Eric desejava deixar de ensinar e voltar para sua casa. É verdade que ele assinara os papéis para lecionar na escola por um ano, mas sabia que os administradores o dispensariam se ele conseguisse um substituto adequado. Resolveu lecionar até as férias de outono, que viriam em outubro, e depois partir. Kilmeny havia prometido que o casamento aconteceria na primavera seguinte. Eric havia implorado por uma data anterior, mas Kilmeny estava docemente resoluta, e Thomas e Janet concordaram com ela.

– Há tantas coisas que preciso aprender ainda antes de estar pronta para me casar – Kilmeny dissera. – E eu quero me acostumar a ver pessoas. Ainda me sinto um pouco assustada sempre que vejo alguém que não conheço, embora não ache que eu demonstre isso. Vou à igreja com o tio e a tia depois disso e às reuniões da Sociedade Missionária. E o tio Thomas diz que me enviará para um colégio interno na cidade neste inverno, se você achar aconselhável.

Eric vetou isso prontamente. A ideia de Kilmeny em um colégio interno era algo que não se podia pensar sem rir.

– Não vejo por que ela não pode aprender tudo o que precisa depois de se casar comigo, tão bem quanto antes – ele resmungou para seu tio e para sua tia.

– Mas queremos mantê-la conosco por mais um inverno ainda – explicou Thomas Gordon pacientemente. – Sentiremos terrivelmente sua falta quando ela se for, mestre. Ela nunca esteve longe de nós por um dia; ela é todo o brilho que existe em nossa vida. É muito gentil da sua parte dizer que ela pode voltar para casa sempre que quiser, mas haverá uma grande diferença. Ela pertencerá ao seu mundo, e não ao nosso. Isso é para o melhor e não teríamos feito de outra forma. Mas vamos mantê-la aqui por este inverno ainda.

Eric cedeu com a melhor graça que conseguiu. Afinal, Lindsay não era tão longe de Queenslea e havia coisas como barcos e trens.

– Você já contou ao seu pai sobre tudo isso? – perguntou Janet.

Não, ele não havia contado. Mas ele foi para casa e escreveu um relato completo de seu verão para o velho senhor Marshall naquela noite.

O senhor Marshall, sênior, respondeu a carta pessoalmente. Alguns dias depois, Eric, voltando para casa da escola, encontrou seu pai sentado na sala de visitas empertigada e imaculada da senhora Williamson. Nada foi dito sobre a carta de Eric, no entanto, até depois do chá. Quando se encontraram sozinhos, o senhor Marshall disse abruptamente:

– Eric, e quanto a essa garota? Espero que você não tenha feito papel de bobo. Soa notavelmente assim. Uma garota que foi muda a vida toda, uma garota sem direito ao nome de seu pai, uma garota do campo criada em um lugar como Lindsay! Sua esposa terá que preencher o lugar de sua mãe, e sua mãe era uma pérola entre as mulheres. Você acha que essa garota é digna disso? Não é possível! Você foi levado por um rosto bonito e leite fresco. Eu esperava algum problema dessa sua loucura de vir para cá para lecionar na escola.

KILMENY DO POMAR

– Espere até ver Kilmeny, pai – disse Eric, sorrindo.

– *Humpf!* Foi exatamente o que David Baker disse. Fui direto até ele quando recebi sua carta, pois sabia que havia alguma conexão entre ela e a visita misteriosa dele aqui, sobre a qual nunca consegui extrair uma palavra dele de nenhuma forma possível. E tudo o que *ele* disse foi: "Espere até ver Kilmeny Gordon, senhor". Bem, *vou* esperar até vê-la, mas vou olhá-la com os olhos de sessenta e cinco anos, veja bem, não com os olhos de vinte e quatro. E se ela não é o que sua esposa deveria ser, senhor, desista ou reme sua própria canoa. Não vou ajudá-lo ou incentivá-lo a fazer papel de bobo e arruinar sua vida.

Eric mordeu o lábio, mas apenas disse baixinho:

– Venha comigo, pai. Vamos vê-la agora.

Eles deram a volta pela estrada principal e pela trilha dos Gordon. Kilmeny não estava quando chegaram à casa.

– Ela está no velho pomar, mestre – disse Janet. – Ela ama tanto aquele lugar que passa todo o seu tempo livre lá. Ela gosta de ir lá para estudar.

Eles se sentaram e conversaram um pouco com Thomas e Janet. Quando foram embora, o senhor Marshall disse:

– Eu gosto dessas pessoas. Se Thomas Gordon fosse um homem como Robert Williamson, eu não teria esperado para ver sua Kilmeny. Mas eles são corretos, severos e carrancudos, mas de boa linhagem e essência, refinamento inato e caráter forte. Mas devo dizer francamente que espero que sua jovem dama não tenha a boca da tia.

– A boca de Kilmeny é como uma canção de amor encarnada em carne doce – disse Eric entusiasmadamente.

– *Humpf!* – disse o senhor Marshall. – Bem – ele acrescentou com mais tolerância, um momento depois –, eu também fui poeta por seis meses em minha vida quando estava cortejando sua mãe.

Kilmeny estava lendo no banco sob os arbustos de lilás quando eles alcançaram o pomar. Ela levantou-se e avançou timidamente para encontrá-los, adivinhando quem seria o cavalheiro alto, de cabelos brancos, que estava com Eric. Quando ela se aproximou, Eric viu com uma vibração de exultação que ela nunca tinha parecido mais adorável. Ela usava um vestido de seu azul favorito, feito de maneira simples e pitoresca, como todos os seus vestidos, revelando as linhas perfeitas de sua silhueta graciosa e esbelta. Seu cabelo preto brilhante estava enrolado na cabeça em uma coroa trançada, contra a qual um borrifo de ásteres silvestres brilhava como pálidas estrelas púrpuras. Seu rosto estava corado delicadamente com a excitação. Ela parecia uma jovem princesa, coroada com um brilho avermelhado da luz do sol que caía entre as velhas árvores.

– Pai, esta é Kilmeny – disse Eric, orgulhoso.

Kilmeny estendeu a mão com um cumprimento timidamente murmurado. O senhor Marshall a pegou e a segurou, olhando de maneira tão firme e penetrante em seu rosto que até mesmo o olhar franco dela hesitou diante da intensidade de seus velhos olhos penetrantes. Então ele a puxou para si e a beijou solene e gentilmente na testa branca.

– Minha querida – ele disse –, estou feliz e orgulhoso por você ter consentido em ser a esposa do meu filho e minha filha muito querida e honrada.

Eric se virou abruptamente para esconder a emoção, e em seu rosto havia uma luz como a de quem vê uma grande glória se alargando e se aprofundando na visão de seu futuro.

FIM